한국의 차문화 천년

7

한국의 차 문화 천년 7

승려의 차 문화

송재소·조창록·이규필 옮김
2014년 12월 29일 초판 1쇄 발행

펴낸이 한철희 | 펴낸곳 돌베개 | 등록 1979년 8월 25일 제406-2003-000018호
주소 (413-756) 경기도 파주시 회동길 77-20 (문발동)
전화 (031) 955-5020 | 팩스 (031) 955-5050
홈페이지 www.dolbegae.com | 전자우편 book@dolbegae.co.kr

편집 이경아
표지디자인 민진기 | 본문디자인 이은정 | 마케팅 심찬식·고운성·조원형
제작·관리 윤국중·이수민 | 인쇄 한영문화사 | 제본 경일제책사

글 ⓒ 아모레퍼시픽 | 사진 ⓒ 아모레퍼시픽미술관

ISBN 978-89-7199-644-7 (94810)
ISBN 978-89-7199-340-8 (세트)

책값은 뒤표지에 있습니다.

승려의 차 문화

한국의 차 문화 천년 7

송재소, 조창록, 이규필 옮김

돌베개

'한국의 차 문화 천년'을 펴내며

인간의 기호식품으로 차茶만큼 오랜 역사를 가진 것도 없을 것이다. 차의 원산지라 할 수 있는 중국에서는 수천 년 전부터 차를 마셔 왔으며, 이 중국차가 세계 각국으로 전파되어 지금은 170여 개국에서 하루에 20억 잔의 차를 마신다고 한다.

『삼국사기』三國史記의 기록에 의하면 우리나라에서는 7세기 중반 신라 선덕여왕 때 이미 차를 마셨다. 흥덕왕 3년(828)에는 중국으로 사신 갔던 김대렴金大廉이 돌아오면서 차 종자를 가져왔는데 왕이 이를 지리산에 심게 해서 차가 널리 성행하게 되었다. 그러나 신라 시대에 차가 얼마나 대중화되었는지는 알 수 없다. 고려 시대에는 궁중과 귀족, 특히 승려 사이에 차가 크게 유행했으나 일반 서민의 기호식품으로까지 확대되지는 못한 것으로 보인다. 조선 시대에는 차 문화가 다소 위축되어 주로 궁중이나 민간의 의식용儀式用으로 차가 쓰였고, 사찰의 승려들이 그 맥을 잇다가 다산茶山, 초의草衣, 추사秋史 등 걸출한 다인茶人들이 차를 중흥시켰다. 그러나 역시 차는 서민이 즐겨 마시는 기호식품과는 거리가 있었다.

현대에 와서야 차가 대중화되었다고 말할 수 있다. 지금은 차가 이른바 '웰빙 식품'으로 널리 사랑받고 있고, 신체의 건강뿐만 아니라 정신 건강의 증진에도 기여한다고 인식되고 있다. 차는 이제 어디에서나 쉽게 구할 수 있고 누구나 마실 수 있는 대중의 기호식품으로 확고하게 자리 잡았다.

『한국의 차 문화 천년』은 일찍부터 차 문화의 보급과 차의 대중화를 선도해 온 (주)아모레퍼시픽의 출연 재단인 아모레퍼시픽재단의 야심적인 기획이다. 우리 역사상 어느 때보다 차가 대중의 사랑을 받고 있는 이 시점에서, 우리의 유구한 차 문화 전통을 종합, 정리함으로써 이 땅의 차 문화를 한층 더 발전시키자는 의도에서 기획되었다.

이 기획물은 삼국시대에서부터 현대에 이르기까지 차에 관한 문헌 기록 자료의 집대성에 목표를 두고 있다. 다시茶詩를 포함한 개인 문집의 자료, 『조선왕조실록』朝鮮王朝實錄, 『고려사』高麗史, 『삼국사기』 등의 관찬 사료官撰史料와 『임원경제지』林園經濟志, 『성호사설』星湖僿說, 『음청사』陰晴史 등의 별집류別集類를 비롯하여 이전에 발굴되지 않은 자료까지 차에 관한 모든 문헌 자료를 망라하고자 한다.

이 작업은 결코 쉬운 일이 아니다. 산적한 한문 전적을 일일이 뒤져서 차에 관한 자료를 발췌하는 일도 어렵거니와 이렇게 뽑은 자료를 번역하는 일 또한 만만치 않다. 최선을 다하지만 여전히 누락된 자료가 있을 것이고 미숙한 번역이 있을 줄 안다. 이 점은 앞으로 계속해서 수정, 보완해 나갈 것이다. 아무쪼록 차를 사랑하는 다인들과 차를 연구하는 학자들의 자료로 활용될 수 있다면 다행이겠다.

물심양면으로 아낌없는 지원을 해 준 (주)아모레퍼시픽의 서경배 회장님을 비롯하여 아모레퍼시픽재단 및 아모레퍼시픽미술관 관계자 여러분, 그리고 꼼꼼하게 원고를 손질해 준 돌베개 출판사의 편집진들께 이 자리를 빌려 고마운 마음을 전한다.

송재소

'승려의 차 문화'를 엮어 내며

이 책은 '한국의 차 문화 천년' 시리즈의 일곱 번째 권으로, 삼국시대부터 근대에 이르기까지 약 천백여 년 동안 승려들이 기록한 차 문화 관련 문헌을 정리·번역한 것이다. 한국의 차 문화는 불교와 함께 성쇠를 같이했고, 사찰은 그 맥을 잇는 역할을 한 곳이다. 그러나 차 문화를 향유한 승려들이 남긴 시문과 행적은 일부를 제외하고는 일반에 잘 알려져 있지 않다. 이러한 점을 감안하여 조선 후기, 삼국시대·고려, 조선 초기, 조선 중기, 근현대까지의 시대별 고찰을 마무리하고, 이제 마지막 권으로 '승려의 차 문화'를 따로 엮어 내게 된 것이다.

이 책에 수록한 인물은 신라의 교각喬覺으로부터 고려의 의천義天, 요일寥一, 혜심慧諶, 천인天因, 천책天頙, 충지冲止, 경한景閑, 보우普愚, 혜근惠勤, 굉연宏演, 조선의 기화己和, 보우普雨, 휴정休靜, 일선一禪, 선수善修, 유정惟政, 인오印悟, 태능太能, 언기彦機, 충휘冲徽, 수초守初, 명조明照, 현변縣辯, 처능處能, 현일玄一, 성총性聰, 도안道安, 명찰明詧, 추붕秋鵬, 지안志安, 자수子秀, 약탄若坦, 법종法宗, 나식懶湜, 새봉璽篈, 해원海源, 시성時聖, 의민毅旻, 최눌最吶, 팔관捌關, 취여取如, 유일有一, 의

첨의沾義, 정훈正訓, 긍선亘璇, 혜즙惠楫, 선영善影, 치능致能, 각안覺岸, 심여心如, 혜견惠堅, 법린法璘, 보정寶鼎, 치익致益, 진종震鍾, 근대의 승려 정호鼎鎬 등 모두 57인에 이른다. 이중에서 고려의 승려로는 혜심과 충지, 조선의 승려로는 보우·각안 등이 다수의 작품을 남겼는데, 특히 보정은 80여 편의 차시茶詩를 남긴 것으로 유명하다. 다만 혜장惠藏과 의순意恂(법호: 초의草衣)은 다산 정약용, 추사 김정희 등과 함께 '한국의 차 문화 천년' 시리즈의 조선 후기 편에 미리 수록했으므로 여기서는 제외했다.

　승려가 차를 마시는 행위는 선禪의 한 방편으로 인식되었는데, 그 것은 중국의 선승 조주趙州의 '끽다거'喫茶去라는 말로 대변된다. 고려의 승려인 무의자無衣子 혜심이 쓴 「차샘」(茶泉)이라는 시를 보면,

　　묵은 이끼 속으로 솔뿌리 뻗고
　　돌구멍엔 시원한 샘물 솟누나.
　　호쾌한 방편을 얻기 어려워
　　조주趙州의 선禪을 몸소 잡아 보노라.

라고 하여, 깨달음에 이르는 가장 쉬운 방법으로 '조주의 선' 즉 '차' 를 달여 마시노라고 하였다. 또 차는 불교 의식의 일종으로 불전에 공양되기도 했는데, 조선의 승려 기화는 진산珍山 스님의 영전에 아래와 같은 게송을 지어 올렸다.

　　한 잔의 차는 한 조각 마음에서 나왔고
　　한 조각 미음은 한 잔의 차에 담겼네.

부디 이 차 한 잔 맛보소서
맛보시면 무량의 즐거움 생길지니.

이처럼 차를 마시거나 공양하는 행위는 승려의 수행이자 의식의
하나로 받아들여졌고, 일상의 일이 되었음을 알 수 있다. 이러한 배경
에서 각안은 「다가」茶歌, 「다약설」茶藥說과 같은 전문적인 글을 남겼는
데, 특히 '초의차'에 대해 다음과 같이 읊고 있다.

비 막 갠 곡우 날
펴지지 않은 연록빛 찻싹을
솥에 살짝 덖어 내어
밀실에서 잘 말리네.
측백나무 틀로 모나거나 둥글게 찍어 내어
죽순 껍질로 포장하네.
바깥바람 들지 않게 단단히 간수하니
찻잔 가득 차 향기 감도네.

위 시는 초의 선사가 입적한 뒤 그가 만든 차를 간직해 두었다가
달여 마시며 지은 것이다. 그 내용을 보면 '초의차'는 덖고 말리고 포
장하는 방법에 있어 하나의 완성된 품격을 이루었음을 알 수 있다. 그
런데 이 책 마지막 정호의 「옥보대 아래 다풍이 크게 무너지다」를 보
면, 초의의 「동다송」을 인용하여 다풍茶風이 크게 무너졌음을 말하고
있다. 이러한 사실들을 보면, 조선의 차 문화는 '초의'에 와서 하나의
정점을 보았다고 할 수 있을 것이다.

이 책의 출간에 즈음하여 각안·보정·정호 등의 차시를 다 수록하지 못한 점, 정석靖錫(법호: 경봉鏡峰)·봉수鳳秀(법호: 해안海眼) 등 현대의 승려들을 수록 범위에 넣지 못한 점, 그리고 일부 원전을 확인하지 못하거나 그 의미를 끝까지 천착해 보지 못한 점 등이 아쉬움으로 남는다.

이러한 아쉬움들을 뒤로하면서, 이제 2014년의 마감과 함께 '한국의 차 문화 천년' 시리즈를 모두 마무리하고자 한다. 과연 얼마나 소기의 목적을 달성했는지 두려운 마음이 앞서지만, 이나마 지속적으로 정리·번역에 몰두할 수 있었던 것은 아모레퍼시픽재단과 도서출판 돌베개의 지속적인 지원과 협조가 있었기 때문이다. 다시 한 번 머리 숙여 감사의 말씀을 드린다.

2014년 12월
역자 일동

차 례

일러두기

1. 이 책은 승려의 차 문화를 다룬 작품만을 정리한 것이다.
2. 각 작품의 수록 순서는 저자가 태어난 해를 기준으로 하였다.
3. 매 작품마다 출전을 표시하였고, 해설을 두어 작품 전체의 저술 배경과 내용 등을 요약·정리하였다.
4. 원주는 해당 단어 옆에 번호를 표시하고 번역문과 원문 다음에 수록하였다.
5. 본문의 단어 중 설명이 필요한 경우 해당 단어 옆에 *표시를 하고 해당 단어가 수록된 면의 하단에 각주를 달아 설명하였다.
6. 본문에 나오는 인명과 서명은 따로 부록을 마련하지 않고, 이해를 돕는 선에서 각 편의 해설 혹은 각주에서 간략히 설명하였다.

승려의 차 문화

교각 喬覺, 695~794

하산하는 동자를 보내며 送童子下山

산사가 적막하니 집 생각이 간절하여
작별의 예 올리고 구화산*을 내려가는구나.
대나무 난간에서 죽마 타기만 좋아하고
금지에서 금모래 모으는 것은 싫어했지.*
달빛 담긴 개울물을 긷는 일도 이제 끝이고
꽃잎 띄운 찻사발을 달이는 일도 그만이구나.
눈물 흘리지 말고 잘 가려무나!
노승은 안개와 놀을 벗 삼아 살리라.

空門寂寞汝思家 禮別雲房下九華 愛向竹欄騎竹馬 懶於金地聚金沙

添瓶澗底休招月 烹茗甌中罷弄花 好去不須頻下淚 老僧相伴有煙霞

출전: 『전당시全唐詩』 권808

• **구화산九華山** 중국 안휘성安徽省 서북쪽 청양현青陽縣에 있는 산. 교각이 성불하여
육신肉身 보살이 되었으며, 중국 불교의 4대 성지로 추앙받는 곳이다.
• **금지金地에서 ~ 싫어했지** 금金은 불교의 진리를 상징한다. 금지金地는 불교의 세세 곧
사찰을 의미하고 금모래는 불경 공부이다.

해설 지장법사地藏法師 교각은 신라의 왕손으로 중국 구화산九華山에서 불도를
닦았는데, 이 시는 그곳에서 동자승을 보내며 지은 것이다. 『당시기사』唐詩紀事 권
73에도 수록되어 있다.

의천 義天, 1055~1101

차와 약을 내려 주신 것에 감사하며 올린 표문
謝賜茶藥表

신 불승 아무개는 말합니다. 금월 13일 중국 사신이 와서 칙지를 전달할 때, 삼가 자상하신 성은을 입어 특별히 궁중의 차 12각角과 약 1은합銀盒을 하사받았습니다. 황송하옵게도 몸소 특별히 보살핌을 내리시어 찻잎과 약으로 총애를 보이셨으니, 삼가 받들고 돌아온 뒤에도 영광과 부끄러움이 교차합니다.

臣僧某言 今月十三日 中使至 奉傳勅旨 伏蒙聖慈 特賜御茶二十角藥一銀合者 無晃凝旒 特紆於睿眷 嫩芽靈藥 優示於寵私 祇承已還 榮靦交積

출전: 『대각국사문집』大覺國師文集 권3

해설　의천은 고려 제11대 문종의 아들이다. 이 글은 중국 사신이 가져온 차와 약을 왕으로부터 하사받고 감사의 표시로 지은 것이다. 위는 표문 중 앞부분이다.

의천 義天, 1055~1101

농서 학사가 「임천사를 생각하며」라는 시를 보내왔기에 차운하여 화답하다

隴西學士以憶臨川寺詩見贈 因次韻和酬

한 구역 향사香社를 원람鴛藍이라 부르니*

들어가는 길 청정하고 푸른 산 마주하고 있네.

구름 서린 울창한 숲이 전각을 둘러싸고

달빛 어린 엷은 장막이 불좌를 호위하네.

솔 난간에서 강경 마친 뒤 시 읊느라 고심하고

다원에서 차 덖어 마시자 타던 속이 시원해지네.

불법 배우려던 소원 이루어 산승이 되었건만

꿈에선 고향으로 돌아가 옛 집을 서성이네.

一區香社號鴛藍 門徑淸虛對碧崗 密樹貯雲籠象殿 薄帷和月護猊床

講廻松檻吟魂苦 焙了茶園渴肺凉 掛錫已酬爲學志 故山還夢舊棲堂

출전: 『대각국사문집』 권18

해설　의천은 1085년 무렵 중국 송나라로 유학 가서 여러 불승들과 교유했으며, 이듬해 귀국했다. 제목에 나오는 농서 학사는 중국에서 교유한 인물이며, 임천사臨川寺 역시 중국의 절이 아닐까 짐작되지만 자세한 것은 미상이다.

• **한 구역 ~ 부르니**　'향사'는 향을 태우고 수도하는 모임이라는 뜻으로 절을 의미한다. 원람鴛藍 또한 절의 이름에 원鴛 자가 들어가므로 원람이라 한 것이 아닐까 여겨진다.

의천 義天, 1055~1101

어떤 사람의 시에 화운하여, 차를 준 것에 감사하다 和人謝茶

이슬 내린 봄 동산에서 무얼 할거나?

꽃 달이고 달빛 끓여 세상 시름 씻어 낸다.

몸 가뿐해 삼통三洞*에 노니는 것보다 낫고

뼛골이 시려 갑자기 가을로 들어온 듯.

신선의 다품茶品이라 산사에 더욱 잘 어울리고

맑은 향기는 시주詩酒의 풍류만 허락하네.

단약丹藥 먹고 장생한 이 누가 있던가?

그 연유를 불문佛門에다 묻지 마오.

露苑春峰底事求 煮花烹月洗塵愁 身輕不後遊三洞 骨爽俄驚入九秋

仙品更宜鍾梵上 淸香偏許酒詩流 靈丹誰見長生驗 休向崐臺問事由

출전: 「대각국사문집」 권18

해설　예로부터 연단鍊丹으로 장생하는 경우가 없었으니, 자신은 향기로운 차와 시주詩酒를 즐길 뿐 허황된 이야기에는 관심이 없다는 뜻이다.

• 삼통三洞　도교의 장서를 세 종류로 나눈 것이다. 곧 통진洞眞, 통현洞玄, 통신洞神을 가리키는데, 여기서는 신선세계를 비유하는 말로 쓰였다.

의천 義天, 1055~1101

어떤 사람이 차를 보내왔기에 화답하다

和人以茶贈僧

북원*에서 새로 덖은 차를

동림*의 스님께 보내왔네.

차 달일 날 미리 알았기에

찬 얼음 깨고 샘물 찾노라.

北苑移新焙 東林贈送僧 預知閑煮日 泉脈冷敲氷

출전: 『대각국사문집』 권19

해설   궁중에서 보내온 귀한 차를 받고, 그 사례로 읊은 것이다.

• **북원北苑**   중국 송나라 때 황제에게 바치는 차를 재배하던 곳. 흔히 궁중 전용 다원을 가리키는 말로 쓰인다. 이곳에서 생산한 대표적인 차로 용봉단차가 있다.

• **동림東林**   산사를 뜻한다. 중국 진쯥나라 때 혜원慧遠이 동림사에서 주석駐錫한 데서 유래했다.

요일 寥一, 미상

물러나기를 청하며 乞退

새벽이면 꿈속에 산사에 있었건만
십 년이나 궁궐 안에서 배회했네.
아침의 차는 봉황 모습 머금었고
좋은 향은 자고반*을 새로 간 것일세.*
가련하여라, 여윈 학이 하늘을 맴돌며
원숭이가 푸른 산을 원망토록 했구나!*
바라옵나니, 남은 생은 옛 절로 가서
바위 가에 흰 구름들 심심치 않게 해 주소서.

• **자고반鷓鴣斑**　자고새의 가슴처럼 흰 반점이 박혀 있는 흑갈색의 이름난 향.

• **아침의 ~ 것일세**　봉황을 새긴 용봉차를 마시고 이름난 향인 자고반을 태운다는 뜻으로, 궁중에서의 호화로운 생활을 뜻한다.

• **여윈 ~ 했구나**　궁중에 있느라 오랫동안 산사로 돌아가지 못했다는 뜻이다. 중국 남제 南齊의 문인 공치규孔稚圭가 종산鍾山에서 노닐다가 벼슬길에 나간 주옹周顒을 나무라 는 뜻에서 지은 「북산이문」北山移文에 "향초로 엮은 장막이 텅 비니 밤의 학은 원망하고, 산에 살던 사람이 떠나가니 새벽 원숭이는 놀라네"(蕙帳空兮夜鶴怨 山人去兮曉猿驚)라 는 말이 나온다.

五更殘夢寄松關 十載低徊紫禁間 早茗細含鸞鳳影 異香新屑鷦鵁斑

自憐瘦鶴翔青漢 久使寒蝯怨碧山 願把殘陽還舊隱 不敎巖畔白雲閑

출전: 「동문선」東文選 권13

[1] 대사大師가 궁중에 불려 들어온 지 20여 년 되었다(師召入禁二十餘年).

해설   궁중에서의 호화로운 생활을 그만두고, 옛 절로 돌아가 바위 가 흰 구름을 벗하며 살기를 희망한 것이다. 요일은 화엄종의 승통僧統으로 생몰년이 미상이나 이인로李仁老(1152~1220)를 양육한 것으로 알려져 있다.

혜심 慧諶, 1178~1234

정 낭중을 전별하며 餞別鄭郎中

나무 위엔 청아한 꾀꼬리 소리
좌대 앞엔 가벼운 제비의 몸짓.
차 달이고 술을 사서
그대 먼 길 전별하네.

樹上鶯歌淸 臺前燕舞輕 煎茶當沽酒 聊以餞君行

출전: 『무의자시집』無衣子詩集 권상

해설   진각국사 혜심이 차와 술로 정 낭중을 전별하며 지은 시이다. 낭중郎中은 고려 시대 정5품 관직명이다.

혜심 慧諶, 1178~1234

대혼 스님이 차를 얻으러 와서 시를 청하기에
大昏上人 因丐茶求詩

너무 캄캄하면 잠이 들까 두렵나니
향기로운 차를 자주 끓여야 하고말고.
그날의 향엄*은 본래 꿈속에 있으니
신통을 부탁하노니 네가 가서 전하라.

大昏昏處恐成眠 須要香茶數數煎 當日香嚴原睡夢 神通分付汝相傳

출전: 「무의자시집」 권상

해설　'꿈속'이라는 것은 아직 깨닫지 못한 상태를 뜻한다. 차를 얻으러 온 스님의
호가 대혼자大昏子이므로, 차를 마시고 늘 깨어 있으면서 그 신통을 세상에 전하라
는 의미이다. 대혼자는 당대의 기승인 무기無己 스님으로 추정된다.

• **향엄香嚴**　중국 당나라 때 등주鄧州의 향엄산 지선사智禪師가 "사람이 나무에 올라서
입으로 나뭇가지를 물고 있다고 하자. 손으로는 나뭇가지를 잡지 못하고, 발로는 나뭇가지
를 밟지 못한다. 그런데 나무 밑에서 다른 사람이 '부처가 서쪽에서 온 까닭이 무엇인가?'
하고 묻는다. 대답하지 않으면 질문을 회피하는 꼴이 되고, 입을 열어 대답하자니 떨어져
서 죽게 된다. 어떻게 해야 하는가?" 하고 물었다. 호두상좌虎頭上座가 말했다. "제가 나
무에 올라간 상태라면 제 입으로 대답하겠습니다. 그러나 저는 아직 나무에 오르지 않은
무지한 중생이니, 화상께서 일러 주소서" 하니 지선사가 크게 웃었다고 한다.

혜심 慧諶, 1178~1234

차샘 茶泉

묵은 이끼 속으로 솔뿌리 뻗고
돌구멍엔 시원한 샘물 솟누나.
호쾌한 방편을 얻기 어려워
조주趙州의 선禪을 몸소 잡아 보노라.

松根去古蘇 石眼迸靈泉 快便不易得 親提趙老禪

출전: 『무의자시집』 권하

해설　　조주의 선은 바로 차를 말한다. 당나라 때의 선승 조주에게 제자들이 가르침을 청하면, 그는 으레 "차나 마시게"(喫茶去)라고 했다. 마지막 구에서 '조주의 선을 몸소 잡는다'고 한 것은 깨달음에 이르는 다른 방편을 얻기 어려우므로, 조주가 제시한 가장 쉬운 방편을 택해 몸소 차를 달여 마신다는 뜻이다.

혜심 慧諶, 1178~1234

인월대 隣月臺

몇 길인지 알 수 없는 드높은 절벽
꼭대기에 높은 누대 하늘에 닿았어라.
북두로 은하수 길어 한밤에 차 달이니
차 연기 싸늘하게 달빛 감싸네.

巖巒屹屹知幾尋 上有高臺接天際 斗酌星河煮夜茶 茶煙冷鎖月中桂

출전: 『무의자시집』 권하

해설 '인월대'는 이름부터가 '달과 이웃한 누대'이다. 북두성을 국자 삼아 은하수
물을 길어 차를 달인다고 한 데서 인월대의 높이를 짐작할 수 있다.

방장실에서 선사를 모시고 설차를 달이며
陪先師丈室煮雪茶筵

엊저녁 사뿐사뿐 내리던 눈
놀라워라, 새벽에 한 자나 쌓였네.
골고루 덮어서 구덩이 평평해졌고
무겁게 짓눌러 나뭇가지 꺾였네.
……
산승은 춥든지 말든지
차 끓이며 좋은 시절 음미한다오.
아이 불러 눈송이 가져다가
소반 가득 옥처럼 쌓아 놓네.
손자국은 찍은 듯 선명하고
산 모양 꼭 닮아 우뚝하구나.
구멍 뚫자 용천에 버금가니
녹은 물 떠서 작설차 끓인다.
어찌 내가 즐겁자고 하는 일인가
남이 정갈하게 마시도록 함이지.
이것은 오직 방외의 맛이니
인간 세상에 발설하지 마라.
아, 나는 본래 서생으로
세속 벗어나 스님들 틈에 끼었소.

조그만 방에서 맑은 바람 마시며
지독한 유가의 더위* 식혀 간다오.
다만 팔을 끊는 용기*로
간절히 안심결*을 묻는다네.
내 묻지 않음으로써 묻노니
선사시여, 무언의 설법으로 말해 주오.

昨晚雨纖纖 曉來驚尺雪 均鋪坑漸平 重壓枝條折

……

山人任大寒 茗碗酹佳節 呼兒取雪華 滿盤堆玉屑

手迹卽彫鎪 山形髣髴屼 鑿穴擬龍泉 捉溉煎雀舌

豈是自圖歡 要令他飮潔 此唯方外味 莫向人間泄

嗟余本書生 脫俗參僧列 小室飮淸風 儒門祛酷熱

聊將斷臂力 切問安心訣 我欲不問問 請師無說說

- **유가儒家의 더위** 적막하고 소쇄한 불가의 기풍에 비해, 예규禮規를 따지는 유가의 학풍
을 대비하여 쓴 말이다.
- **팔을 끊는 용기** 중국 선종의 2조祖가 된 혜가慧可가 처음에 소림사로 달마達磨를 찾아
가서 밤새도록 눈이 쌓인 뜰에 공손히 서서 도를 구했으나, 달마는 면벽만을 한 채 한마디
말도 건네지 않았다. 이윽고 믿음을 보이라고 요구하자, 혜가가 계도戒刀로 자신의 왼
쪽 팔을 끊어 그 팔을 바치자 눈 속에서 파초가 솟아올랐고, 혜가는 파초 잎을 따서 자신의
팔을 싸서 바쳤다. 그러자 달마가 비로소 입실을 허락했다고 한다. '설중단비'雪中斷臂라
는 성어로 전한다.
- **안심결安心訣** 일체의 집착을 버리고 마음의 평안함을 얻는 비결이다. 혜가가 마음이
불안하다고 하자, 스승인 달마가 그 마음을 가져오라고 했는데, 혜가가 "아무리 찾아도 찾
을 수가 없습니다"(覓心了不可得)라고 하자 달마가 "너에게 안심의 경지를 주었다"(與汝
安心竟)고 답한 고사가 있다.

해설 이 시가 지어진 장소는 송광사이다. 송광사에는 보조국사 지눌의 영정을 모신 방장실이 있는데, 그곳에서 혜심이 눈을 녹여 차를 끓이며 '설중단비'의 고사를 인용하여 스승에게 '안심결'을 묻는다는 내용이다.

혜심 慧諶, 1178~1234

전물암에 깃들여 살며 寓居轉物庵

오봉산* 앞에 있는 옛 암굴
그 안에 전물암轉物庵이 있네.
내가 이 암자에서 살아가노니
그저 껄껄 웃을 뿐, 말하기 어려워라!
입술 깨진 사발, 다리 부러진 솥
죽 끓이고 차 달이며 하루를 보낸다.
게으름에 쓸지도 않고 베지도 않아서
마당의 풀이 구름 같아 무릎까지 잠기네.

五峰山前古庵窟 中有一菴名轉物 我栖此庵作活計 只可阿阿難吐出

缺唇椀折脚鐺口 煮粥煎茶聊遣日 疎慵不掃復不芟 庭草如雲深沒膝

출전: 『무의자시집』 권하

해설   전체 3수 중 첫 번째 시인데, 그중 전반부를 수록한 것이다. 혜심은 보조국사
지눌의 제자가 되기 전, 이곳 전물암에서 하안거夏安居를 했다고 한다.

• **오봉산五峰山**   전라남도 구례군 문척면 금정리에 소재한 산. 다섯 개의 봉우리가 늘어
서 있어서 '오봉'五峰이라고 하며, 산의 북쪽으로 섬진강이 흐르고 건너편에 지리산 국립
공원이 자리하고 있다.

혜심 慧諶, 1178~1234

코 鼻

향기롭다고 함부로 열지도 말고
악취 난다고 억지로 막지도 말라.
향천香天의 부처도 되지 못하는데
하물며 시주국*이 되겠느냐.
솥에는 녹차를 달이고
화로엔 안식향*을 사른다.
쯧, 쯧, 쯧!
어디서 지식을 찾을까나.

香處勿妄開 臭中休强塞 不作香天佛 況爲屍注國

鐺中煎綠茗 爐上燒安息 咄咄咄   甚處求知識

출전: 「무의자시집」 권하

해설 「담령 스님이 육잠을 구하기에」(示湛靈上人求六箴) 중 세 번째 시이다. 향 사르고 녹차 달이는 행위를 즐길 뿐, 거기서 선禪을 찾지 말라는 의미이다.

- **시주국屍注國** 팔대지옥의 하나인 시분증屍糞增을 말한다. 시체와 똥으로 가득한 이 지옥에 떨어지면 벌레가 나와 가죽을 찢고 골수를 파먹는다고 한다.
- **안식향安息香** 안식향나무의 수액을 건조시켜 만든 것으로, 향기가 높고 모든 사악한 기운을 쫓아낸다고 하여 붙여진 이름이다. 방부 소독제로 쓰인다.

혜심 慧諶, 1178~1234

차와 정해문*을 보내온 것에 답하여

惠茶兼呈解見答之

장좌불와에 피곤해진 긴긴 밤

차 달이며 무궁한 은혜를 새삼 느끼네.

한잔 차에 무거운 졸음 활짝 걷히니

사무치는 맑은 한기에 모든 시름 사라지네.

久坐成勞永夜中 煮茶偏感惠無窮 一盃卷却昏雲盡 徹骨淸寒萬慮空

출전: 「무의자시집」 권하

해설　제목에 나오는 '정해견'呈解見은 본래 '呈蟹'로 되어 있으나 '정해문'呈解問의 오기誤記로 보인다. 유영봉, 『무의자시집』(을유문화사, 1997), 226~227쪽, 해설 참조.

• 정해문呈解問　십팔문十八問의 하나로, 제자가 자신의 견해를 스승에게 제시하여 가르침을 청하는 물음.

혜심 慧諶, 1178~1234

백운암에 이르러

아이 부르는 소리는 푸른 안개에 떨어지고
차 달이는 향기는 비탈길 바람에 실려 오네.
백운산 자락으로 들어서자마자
암자의 노선사를 이미 뵌 듯하구나.

呼兒響落松羅霧 煮茗香傳石徑風 才入白雲山下路 已參庵內老師翁

출전: 「조계진각국사어록」曹溪眞覺國師語錄 「시중」示衆

해설　혜심이 1205년 억보산億寶山 백운암에 있던 보조국사 지눌을 찾아가서 지어
바쳤다는 게송偈頌이다. 이것을 본 지눌은 껄껄 웃고 갖고 있던 부채를 건네주었는
데, 그러자 혜심이 다시 게송을 지어 바쳤다고 한다. 제목이 따로 없어 임의로 '백운
암에 이르러'라는 제목을 붙였다.

천인 天因, 1205~1248

옥주*의 서誓 스님에게 부치다 寄沃洲誓上人

산은 푸르고 바다는 넓은데

누대는 안개 뚫고 아득히 높아라.

그 속에 은사가 숨어 사나니

구름 도포에 빙설같이 맑은 얼굴이리라.

그대여 거기에서 무엇을 얻었소?

얻은 것은 다만 한가로운 삶,

아침이면 어지러이 조정에서 분주하다가

저녁이면 어부와 나무꾼으로 돌아오네.

아침저녁 오고 가기를 마음대로 하나니

한 톨의 도토리와 한 장의 방석*일세.

가을 깊어 섬돌 위 낙엽을 쓸고

차 달이고 밤을 구워 맑은 기쁨 꾀하네.

기쁨 끝에 산승의 시가 더욱 맑으니

• **옥주沃洲**　전라남도 진도의 옛 이름.
• **한 톨의 도토리와 한 장의 방석**　무소유의 청빈한 생활을 말한다. 『장자』 「도척」에 "낮에는
도토리 줍고, 밤에는 나무 평상 위에 잔다"(晝拾橡栗 暮棲木上)는 말을 인용한 표현이다.

바다와 하늘에 달은 희고 솔바람은 차가와라.

천진天眞을 즐기는 걸 평생 귀히 여기거니

그 밖의 번잡함은 내 소관 아니로다.

공명이란 떨어뜨린 시루*처럼 버렸으니

공처럼 돌고 도는 일월을 웃으며 보낸다.

언제쯤이나 돌아가 함께 은거하면서

밤마다 꿈속에서 강호를 휘저을까!

山蒼蒼海漫漫　樓臺縹緲煙霞攢 中有高人卜嘉遁 想見雲袍氷雪顏

問渠此間何所得 所得祇是居安閑 朝遊亂入鳩鷺行 暮坐直到漁樵還

朝來暮去隨所適 一條橡栗一蒲團 秋深石上掃落葉 煮茗燒栗圖淸歡

歡餘道韻更淸絕 海天月白松風寒 平生但貴樂天眞 餘外紛紛非我關

功名已謝一墮甑 日月笑遣雙跳丸 何時歸去共棲隱 夜夜夢繞湖山間

출전: 「동문선」東文選 권6

해설　서쯀 스님의 낙엽 쓸고 차 달이며 밤 굽는 탈속한 삶을 예찬하고, 함께 은거
할 수 있기를 염원했다.

─────────

• **떨어뜨린 시루**　중국 후한後漢 때 맹민孟敏이 시루를 메고 가다가 잘못하여 땅에 떨어
졌는데, 돌아보지 않고 그대로 가 버렸다. 곽태郭太가 그 이유를 묻자 대답하기를, "시루
는 벌써 깨졌는데 보면 무엇하겠는가" 하였다.

천책 天頙, 1206~?

선사가 차를 보내 주심에 사례하여 謝禪師惠茶

고귀한 차는 몽산* 봉우리에서 땄고
이름난 샘물은 혜산천*에서 길었네.
졸음을 깨끗이 물리칠 수 있고
손님과는 한가함 누릴 수 있지.
땀구멍에선 이슬이 송글 맺히고
겨드랑이엔 맑은 바람 살랑이네.
하필 영약을 마셔야만
동안을 유지할까 보냐?

貴茗承蒙嶺 名泉汲惠山 掃魔能却睡 對客更圖閑

甘露津毛孔 淸風鼓腋間 何須飮靈藥 然後駐童顔

출전: 「호산록」湖山錄 권상

• **몽산**蒙山　중국 사천성四川省 아안시雅安市에 있는 산 이름. 이 산 꼭대기에서 이름난 몽정차蒙頂茶가 생산되며, 몽정산蒙頂山이라고도 한다.
• **혜산천**惠山泉　중국 강소성江蘇省 무석시無錫市 혜산 기슭의 석혜공원錫惠公園 내에 있는 암반 샘물. 다성茶聖 육우陸羽가 '천하제이천'天下第二泉이라고 평한 곳이다.

해설   선사로부터 차를 선물 받고 이름난 명차와 샘물, 그리고 차를 마실 때의 느낌
을 읊어 감사를 표했다.

난송 선사 인공의 운을 따라 답함
次韻蘭松禪師印公

계산鷄山 가장 깊은 곳에
세상 멀리하여 한가로이 누웠네.
거울 속엔 본디 티끌이 없고
호중천*엔 저절로 산사 있도다.
빈 뜨락에 솔방울 떨어지고
고요한 방에 향 연기 피어나네.
무엇으로 허기와 갈증 달래나
맛난 나물과 진한 차가 있어라.

鷄山最深處 高臥遠紛華 鏡裏元無翳 壺中自在家

庭空松子落 室靜篆煙斜 何以療飢渴 香蔬與釅茶

출전: 「원감국사가송」圓鑑國師歌頌

• **호중천**壺中天   별세계, 또는 선계仙界를 뜻한다. 신선술로 유명한 비장방費長房의 스승 호공 壺公이 호리병 속에 살았던 데서 유래한 말이다. '호중천지'壺中天地라고도 한다.

해설　난송 선사蘭松禪師의 시에 응하여 사는 곳의 정경과 나물 먹고 차 마시는 즐거움을 읊어 화답했다.

충지 沖止, 1226~1292

한가한 가운데 우연히 쓰다 1 閒中偶書

한가로이 사니 마음 절로 즐겁고
홀로 앉았으니 흥취 더욱 길구나.
늙은 잣나무는 높은 누각과 나란하고
이름 모를 꽃은 낮은 담장을 덮었다.
자기 찻사발엔 다유*가 희고
비자나무 책상엔 향 연기 피어나네.
비가 멎은 산당山堂이 고요하여
툇마루에 나서니 저녁 기운 시원하다.

閑居心自適 獨坐味尤長 古柏連高閣 幽花覆短墻

甆甌茶乳白 椔机篆烟香 雨歇山堂靜 臨軒快晚凉

출전: 「원감국사가송」

해설　전체 2수 중에서 두 번째 시이다. 산속 생활의 정경을 읊어 그곳에 사는 한가
로움을 묘사했다.

• 다유茶乳　말차를 찻사발에 넣은 뒤 뜨거운 물을 붓고 차솔로 휘저으면 흰 거품이 일어
나는데, 이 거품을 보통 다유라고 한다.

충지 沖止, 1226~1292

다시 규봉 인공이 월헌 강 박사에게 준 시의 운을 따라 復次圭峯印公贈月軒康博士詩韻

사발에는 맑은 차 향기 자욱하고
쟁반에는 맛 좋은 과자 그득하네.
큰 노래가 좌중을 놀라게 하는 것 괴이하게 여기지 말라
근래에 석순石筍이 쭉쭉 뻗어 자라네.

茶凝椀面淸香郁 菓飣盤心美味饒 莫怪狂唫驚四座 年來石筍解抽條

출전: 「원감국사가송」

해설   전체 3수 중에서 첫 번째 시이다. 마지막 구절의 석순은 일종의 선약이니, 자신의 선기仙氣가 근래에 부쩍 솟아난다는 의미이다.

충지 沖止, 1226~1292

새 붓을 시험하느라 손 가는 대로 게송 한 편을 써서 시자에게 주다 試新筆次信手書一偈 贈侍者

날마다 차를 달여 와 내 갈증을 축여 주고
끼니때마다 공양 주어 허기를 채워 주네.
나를 가르쳐 주는 것 없는 사람이라 생각했다면
그대는 노파의 음식 솜씨 발휘하지 않았겠지.

擎茶日遣滋吾渴 過餉時教療我飢 若謂山僧無指示 知君辜負老婆滋

출전: 『원감국사가송』

해설   장난삼아 지어 준 것이지만, 늘 차와 공양을 올리는 시자에게 감사하는 마음
이 담겨 있다.

충지 沖止, 1226~1292

병중에 病中言志

온 방이 일 없어 고요하니
세상이야 어지럽든 말든,
늙어지자 이내 게을러지고
오랜 병에 노는 일도 귀찮네.
진한 차는 목 축일 만하고
산나물은 요기하기에 그만이네.
이 속의 깊은 맛을
알 이 없음이 기쁘구나.

一室靜無事 任他世亂離 年衰便懶散 病久謝遊嬉

釅茗聊澆渴 香蔬足療飢 箇中深有味 且喜沒人知

출전: 『원감국사가송』

해설   차 마시고 산나물 먹는 담박한 맛이야말로, 오랜 병에 남모르는 즐거움임을
말했다.

충지 沖止, 1226~1292

어떤 선객에게 답하다 有一禪者答云

아침에는 한 국자 미음 마시고
점심에는 한 발우 밥을 먹네.
목마르면 석 잔의 차를 마시나니
있고 없고야 상관치 않네.

寅漿飫一杓 午飯飽一盂 渴來茶三椀 不管會有無

출전: 『원감국사가송』

해설　한 국자의 미음, 한 발우의 밥, 석 잔의 차를 즐길 뿐, 살림살이 있고 없음에
는 관심 없다는 뜻이다. 마지막 구절의 '회'會는 '증'曾이 되어야 옳을 것 같으나, 일
단 원문의 표기를 따랐다.

충지 沖止, 1226~1292

금장 대선사가 보내 준 햇차에 감사하며

謝金藏大禪惠新茶

고마우신 선물 반가워 덖어서 달여 보니
바위틈에서 난 찻잎이라 품질 더욱 진귀하네.
평생토록 묵은 차*만 마셨더니
기쁘게도 한 움큼 봄맛 증갱차*를 얻었네.

慈貺初驚試焙新 芽生爛石品尤珍 平生只見膏油面 喜得曾坑一掬春

출전: 『원감국사가송』

해설　봄맛 가득한 햇차가 평소 마시던 차와는 달리 한층 격이 높다고 칭송하면서
감사의 뜻을 전했다.

• **묵은 차**　채양蔡襄의 『다록』茶錄에는 묵어서 맛과 향이 쉰 차를 새로 구워 제조하는 방
법이 소개되어 있는데, 이를 자다炙茶 즉 차 굽기라고 한다. 묵은 차를 끓는 물에 담가서
찻잎 표면에 낀 고유膏油를 벗겨 내고 집게로 집어서 불에 구워 말려 맷돌에 갈아 만든다
고 한다. 요컨대 찻잎 표면에 기름기가 낀 차는 묵은 차의 모습이다.
• **증갱차**曾坑茶　중국에서 공차貢茶로 바치던 북원北苑의 차 가운데 정소正所에서 나는
것을 정배正焙라고 하여 증갱차라고 한다. 이에 비해 정소에서 나지 않는 것은 외배外焙
라고 하여 사계차沙溪茶라고 부른다. 여기서는 품질 좋은 차를 말한 것으로 보인다.

충지 沖止, 1226~1292

산에 살며 山居

배고프면 한 발우 나물밥 먹고
목마르면 한 사발 자순차 마신다.
이것만으로 생애에 즐거움 넉넉하니
고담함을 호화로움과 바꾸지 않으려네.

꽃잎은 비에 날려 이끼 위에 쌓이고
차 연기는 바람결에 담쟁이를 감싸네.
손에는 지팡이요, 어깨엔 누더기 옷
산가의 살림살이엔 이마저 사치스럽네.

飢湌一鉢靑蔬飯 渴飮一甌紫筍茶 只个生涯有餘樂 不將枯淡博豪華

雨飄華藥堆蒼蘚 風颺茶煙鏁碧蘿 手有節枝肩有衲 山家活計尙嫌多

출전: 「원감국사가송」

해설　산에 사는 승려의 고담枯淡한 삶을 읊은 것이다. 고담함이란 기름기나 화려
함이 전혀 없는 지극히 담박한 경지를 말한다.

충지 沖止, 1226~1292

한가한 가운데 우연히 쓰다 2 閑中偶書

배고파 밥 먹으니 밥이 더욱 맛나고
잠 깨어 차 마시니 차 맛 새삼 달구나.
외진 곳이라 찾아오는 이 없지만
빈 암자에 부처님과 함께 있는 것 기쁘네.

飢來喫飯飯尤美 睡起啜茶茶更甘 地僻縱無人扣戶 庵空喜有佛同龕

출전:「원감국사가송」

해설   산중의 한가한 삶 속에는 늘 차가 있어 그 정취를 북돋운다.『동문선』권20에
도 수록된 시이다.

충지 沖止, 1226~1292

병중에 홀로 앉아 회포를 쓰다 病中獨坐書懷

가을 오면 도토리와 밤을 줍고
봄이 오면 비름과 명아주 캐네.
돌솥에는 일곱 사발 차가 있고
화로에는 한 가닥 향이 피네.

秋至拾橡栗 春來採藜莧 石銚茶七甌 瓦爐香一瓣

출전: 「원감국사가송」

해설   원래 5언 20구의 고시이나, 여기서는 그 일부만을 수록했다.

충지 沖止, 1226~1292

앞 시의 운을 써서 암자에서 지내는 즐거움을 읊다 用前韻書庵中樂

봄 다 가도록 문 닫고 틀어박혔으니
뜨락에 쓸쓸하게 사람 자취 끊어졌네.
발우엔 막 싹튼 나물이 담겼고
사발엔 눈 같은 다유茶乳가 가득하네.

經春杜門作窠窟 庭院蕭條人跡絶 釘鉢蔬芽初脫甲 滿甌茶乳輕浮雪

출전: 「원감국사가송」

해설　원래 7언 12구의 고시이나, 여기서는 그 일부만을 수록했다.

충지 沖止, 1226~1292

산중의 즐거움[1] 山中樂

산중에 사는 즐거움이여!
유유자적 천진을 기르네.

울창한 숲, 깊은 골짝, 가느다란 돌길
소나무 아래 개울과 바위 아래 샘이여.
봄 오고 가을 가도록 사람 자취 없으니
세상 티끌은 한 점도 이를 일 없어라.

한 발우의 밥, 한 쟁반의 나물이여
배고프면 먹고 곤하면 자네.
한 병의 물, 한 주발의 차여
목마르면 가져와서 손수 끓이네.

죽장 하나, 자리 하나
가는 것도 선禪이요, 앉은 것도 선禪이로다.
산중의 이 기쁨 참맛이 있으니
시비와 애락은 모두 망전*이로다.

산중의 이 기쁨은 값을 매길 수 없으니
허리에 돈꿰미 차고 양주 가는 것도 부럽지 않네.*

유유자적하게 구속됨 없이

평생을 자유로이 살며 천수를 마치리.

山中樂 適自適兮養天全

林深洞密石逕細 松下溪兮岩下泉 春來秋去人跡絶 紅塵一點無緣

飯一盂蔬一盤 飢則食兮困則眠 水一缾茶一銚 渴則提來手自煎

一竹杖一蒲團 行亦禪兮坐亦禪 山中此樂眞有味 是非哀樂盡忘筌

山中此樂諒無價 不願駕鶴又腰錢 適自適無管束 但願一生放曠終天年

[1] 처음으로 출가하여 백련암에 있을 때 지은 것이다(初出家住白蓮庵時作).

출전: 『원감국사가송』

해설   산중의 즐거움 중에는 한 발우의 밥과 한 쟁반의 나물, 그리고 한 주발의 차가 있다고 했다. 원주에 나오는 백련암은 경남 김해 신어산神魚山에 있던 암자인데, 감로사甘露寺의 부속 암자라고 한다. 뒷날 원감 국사는 감로사의 주지를 지냈다.

• **망전忘筌**   뜻을 일단 이룬 뒤에는 더 이상 과거의 일에 집착하지 않는다는 뜻. 『장자』「외물」外物의 "통발은 고기를 잡기 위한 것이니 일단 잡으면 필요가 없고, 올가미는 토끼를 잡기 위한 것이니 일단 잡으면 더 이상 생각할 필요가 없다"(筌者所以在魚 得魚而忘筌 蹄者所以在兎 得兎而忘蹄)는 말에서 나온 것이다.

• **허리에 ~ 않네**   옛날 어떤 사람들이 모여서 각자 소원을 말했다. 한 사람은 양주 자사揚州刺史가 되기를 원하고, 한 사람은 재물이 많기를 원하고, 한 사람은 학을 타고 하늘에 오르기를 원했는데, 한 사람은 허리에 10만 관의 금을 차고는 학을 타서 양주 상공을 날기를 원했으니, 곧 앞의 소원을 겸하려 한 것이었다.

충지 沖止, 1226~1292

최이가 보낸 차와 향에 감사하며[1]

謝崔怡送茶香韻

여윈 학이 소나무에 뜬 달 곁에 가만히 섰고
한가한 구름은 고갯마루 바람을 가벼이 쫓네.
이러한 풍경은 천리에 매일반이니
무엇하러 새삼스레 편지를 보내랴.

瘦鶴靜翹松頂月 閒雲輕逐嶺頭風 箇中面目同千里 何更新飜語一通

[1] 최이가 순천 지주사順天知奏事가 되어 편지와 함께 차와 향과 『능엄경』을 보냈다.
사자가 돌아가며 답장을 청했다. 스님은 "나는 이미 속세를 벗어났으니 편지는 왕
복하여 무엇하는가?" 했다. 그러나 그 사자가 하도 졸라 이 시를 써 준다(崔怡爲順
天知奏事 以書遣茶香及楞嚴經 使還請報書 師曰予已絶俗 何修書往 復爲 使强迫
之 且以詩贈).

출전: 「원감국사가송」 보유

해설   원주에 나오듯이 사자의 청에 못 이겨 감사의 답시를 보내노라고 익살스럽게
표현했다. 이것을 보면, 아마도 충지와 최이崔怡는 상당한 친분이 있었던 것으로 짐
작된다.

박량 최 선사 제문 泊良崔禪師祭文

내가 어린 시절
처음 그대와 놀았는데,
지금 손을 꼽아 보니
마흔네 해이구려.
평생의 교분이
실로 형제 같았는데,
지금 부고를 들으니
애통함을 말로 어찌 하겠습니까.
한 발우의 찬밥과
석 잔의 진한 차가
제수로는 못내 박하겠지만
정성으로는 후한 것입니다.
영령께선 반드시 잘 아시리니
부디 흠향해 주소서.
더 이상 무슨 말을 하리까?
아아, 이내 마음이여.

予方童丱 始與子遊 如今屈指 四十四秋

平生交分 實如弟昆 今其聞訃 哀痛可論

一盂冷飯 三椀釅茶 物雖甚薄 誠則有加

魂應不昧 冀許一歆 夫復何言 嗚呼予心

출전: 「원감국사가송」 보유

해설　제문의 마지막 부분만을 수록한 것이다. 그 내용을 보면, 제수로 밥과 함께 차를 올렸음을 알 수 있다. 『동문선』 권109에도 수록되어 있다.

경한 景閑, 1299~1374

가장 중요한 의리는

가장 중요한 의리는
이글거리는 화로에 눈꽃이 떨어지는 것과 같다.
이러한 가운데 차를 내오는 사람이 있다면
유나*가 하필 한 방망이만 내리치겠는가?
그럼에도 차를 내오려는 사람이 있는가?
나오너라! 나오너라!

第一義第一義 如紅爐上一點殘雪 介中若有宣茶客 何必維那下一槌 還有宣茶客麽
出來出來

출전: 『백운화상어록』白雲和尙語錄

해설　조주 선사의 화두를 인용하여 불법을 참으로 깨달은 자가 있는지 묻는 '일갈'
一喝로 이해된다.

─────────

* **유나**維那　사찰 내의 업무를 총괄하고 불사佛事를 유지하는 세 가지 직분 중 하나. 세
가지 직분이란 사주寺主·상좌上座·도유나都維那인데(이 세 가지를 삼강三綱이라고도 한
다), 유나는 도유나와 같은 의미로 쓰인다.

보우 普愚, 1301~1382

상당 법어 중에서 上堂

남쪽 성곽 아래 집을 빌려
얼근히 취해 누웠더니
홀연, 천자의 조서가 내려왔기에
염불 마치고 빈 항아리 마주하네.
싸늘한 추위는 뼈에 사무치고
싸락싸락 눈발은 창을 두드리는데
깊은 밤 질화로 불에
차 끓어 향기가 다관을 뚫고 나오네.

借屋南城下 陶然臥醉鄉 忽聞天子詔 祝罷對殘缸

凜凜寒生骨 蕭蕭雪打窓 地爐深夜火 茶熟透缾香

출전: 『태고화상어록』太古和尙語錄 권상

해설　　상당上堂 즉 '법당에 올라가 설법한 것' 중에 나오는 게송이다. 보우는 경기
도 가평의 소설사小雪寺에서 입적했는데, 그 유적 터에는 차를 달여 마시던 우물이
남아 있어 '보허샘'이라고 불린다고 한다.(김대성, 『차문화유적답사기』(하), 차의 세계,
2005, 58쪽 참조.) 보우의 첫 법명이 '보허'普虛이다.

혜근 惠勤, 1320~1376

나옹 화상 행장 중에서 高麗國王師······

이해(1352) 3월에 북경의 법원사法源寺로 돌아와 다시 지공指空 스님을 뵈었다. 지공 스님은 나옹을 방장실로 맞이하여 차를 청했다. 이윽고 법의 한 벌과 불자 하나와 범어로 쓴 편지 한 통을 전하고 일렀다.

백양百陽에서 마신 차와 정안正安에서 먹은 과자는
해마다 흐려지지 않는 한 통의 약일세.
동서를 살펴보면 남북도 그렇거니
종지를 밝힌 법왕에게 일천 검을 준다네.

나옹 화상이 답했다.

스승님이 달여 주신 차를 마시고
일어나 곧 세 번 절을 올립니다.
참 소식은
예나 이제나 변함이 없습니다.

법원사에서 한 달을 머물다 하직하고 물러나 하북성河北省의 산천을
두루 여행하며 돌아다녔다.

是歲三月 還到大都法源寺 再參指空 空迎入方丈 請茶 遂以法衣一領 拂子一枝 并梵
草信書一紙 付囑云 百陽喫茶正安(空方丈名)果 年年不昧一通藥 東西看見南北然 明
宗法王給千劍 師答云 奉喫師茶了 起來卽禮三 只這眞消息 從古至于今 因留一月 辭
退 遊歷燕代山川

출전: 『나옹화상어록』懶翁和尙語錄

원제   「고려국왕사 대조계종사 선교도총섭근수본지중흥조풍복국우세보제존자 시
선각나옹화상행장」高麗國王師 大曹溪宗師 禪敎都摠攝勤脩本智重興祖風福國祐世
普濟尊者 諡禪覺懶翁和尙行狀

해설   나옹은 혜근의 법호이다. 위는 문인 각굉覺宏이 쓴 행장 중에 나오는 대목으
로, 혜근이 1352년 중국 북경의 법원사에서 지공 스님과 주고받은 게송을 기록한 것
이다. 백양과 정안은 지공 스님의 방장실 이름이다. 법왕은 나옹 화상을 가리킨다. 일
천 검은 지공 스님이 지니고 있던 법통을 비유한 말인데, 법왕에게 준다 하였으니 나
옹에게 법통을 전해 준다는 의미이다. 지공은 천 검의 선기로 불법을 밝혀 흔히 '지공
천검'으로 불린다. 나옹 화상이 지공을 처음 뵈었을 때 "법왕의 몸, 법왕의 몸이여. 삼
천의 주인이 되어 중생을 이롭게 한다. 천 검을 뽑아 들고 불조를 베니, 백 개의 태양
이 모든 하늘을 비춘다"(法王身法王身 三天爲主利群民 千劍單提斬佛祖 百陽普遍照諸
天)라는 게송을 올렸기 때문에 지공이 위와 같이 답한 것이다.

혜근 惠勤, 1320~1376

차를 따며 摘茶

차나무는 아무도 부른 사람 없건만
보살들이 찾아와서 산차山茶를 따네.
초목은 터럭 하나 움직이지 않지만
본체와 작용이 당당히 어긋나지 않네.

茶樹無人撼得過 枉來同衆摘山茶 雖然不動纖毫草 體用堂堂更不差

출전:『나옹화상가송』懶翁和尙歌頌

해설　불법의 본체와 묘용이 차에 모두 담겨 있다는 말로 이해된다.

혜근 惠勤, 1320~1376

누더기 노래 百衲歌

겨울이든 여름이든 편하게 입으니
어느 때에 입어도 참 좋구나.
누더기 걸친 몸에 별일 있으랴
배고프면 밥 먹고 목마르면 차 마시고 곤하면 잠잔다.

차 한 사발로 사람들 대접하고
식은 차 한 사발을 다시 사람들에게 보인다.
이 뜻을 아는 사람은 나오라. 만약 알지 못한다면
한없이 보여 주고 다시금 새로이 보여 주리.

冬夏長被任自便 隨時受用也宜然 衲衣殘下何奇特 饑食渴茶困則眠

一椀茶對接人 一椀冷茶再示人 會也者來如不會 示之無限更新新

출전: 「보제존자삼종가普濟尊者三種歌」

해설　백납가百衲歌 중 세 번째와 열두 번째 구절이다. 눈앞에 보이는 것이 진여眞
如이므로, 그것을 알 때까지 보여 준다는 뜻이다.

영주가 靈珠歌

목마르면

조주는 한 사발 차로 손님 대접했다.*

의심 않고 쓰는 것이 쓸 줄 아는 것이니

의심 않는 것과 아는 것은 다른 게 아니다.*

아침에 죽을 먹고 재齋 올릴 때 밥 먹고

목이 마르면 아이 불러 차 한 사발 마신다.

문 밖에는 해 지고 산은 적막하니

달 밝은 창가에 흰 구름 흩어진다.

渴也他 趙老接人一椀茶 此用不疑知此用 不疑此用卽非他

晨朝喫粥齋時飯 渴則呼兒茶一椀 門外日沈山寂寥 月明窓畔白雲散

- **조주趙州는 ~ 대접했다**   중국 당나라의 조주 선사가 누구에게나 "차 한잔 마시고 가라" (喫茶去)고 하여 객을 대접했다는 일화를 말한다.
- **의심 ~ 아니다**   차용此用은 물건의 사용 목적에 맞게 쓰는 것을 뜻한다. 백장百丈 선사 가 마조馬祖 선사를 두 번째 뵈었을 때 마조 선사는 불자拂子를 들어 세워 보였다. 그러자 백장 선사가 "이것 그대로 씁니까? 아니면 다른 용도가 있습니까?"(卽此用 離此用) 하고 물었다. 조주가 차를 대접한 것이 말 그대로 차를 대접한 것인지 선리禪理를 내보인 것인 지 알쏭달쏭한데, 일말의 의심 없이 쓸 줄 아는 것이 제대로 쓰는 것이 되므로 결과적으로 는 차를 대접하고 마시는 그 행위가 곧 도가 된다는 뜻이다.

해설   영주가靈珠歌 중 열두 번째와 열네 번째 구절이다. 영주가는 일명 '완주가'翫
珠歌라고도 하는데, 염주를 돌리며 부르는 노래이다.

굉연 宏演, 미상

유선암에 쓴다 題劉仙巖

피서 겸 유람 겸 석대에 오르니
신선의 궁전이 일시에 활짝 열렸네.
솔 그늘이 자리 둘러 푸른 병풍 되었고
떡갈잎이 산을 이어 푸른 언덕 되었네.
동자는 구름 속으로 약초 캐러 가고
은자는 대밭에서 거문고 안고 오네.
샘물 길어다가 산중의 차를 끓이니
술잔에 포도주 따를 것 없어라!

避暑看山上石臺 紫霞宮殿一時開 松陰圍座靑凝嶂 槲葉連山翠作堆

童子雲中採藥去 高人竹外抱琴來 汲泉旋煮山中茗 不用蒲萄浸酒杯

출전: 「동문선」 권17

해설　　전체 2수 중에서 두 번째 시이다. 굉연은 「도선전」道詵傳을 지은 스님으로 생
몰년은 미상이나 나옹의 제자이다.

두 스님의 영전에 올리는 게송

이 한 잔 차에
나의 옛 정 담았소.
차는 조주의 가풍이니
그대여 한번 맛보소서.

托此一碗茶 露我昔年情 茶含趙老風 勸君嘗一嘗

한 잔의 차는 한 조각 마음에서 나왔고
한 조각 마음은 한 잔 차에 담겼네.
부디 이 차 한 잔 맛보소서
맛보시면 무량의 즐거움 생길지니.

一椀茶出一片心 一片心在一椀茶 當用一椀茶一嘗 一嘗應生無量樂

출전: 『함허당득통화상어록』涵虛堂得通和尙語錄

해설　이 글은 「옥봉 각령을 위해 향과 차와 밥을 올리는 송」(爲玉峰覺靈 獻香獻茶獻飯垂語)과 「진산 화상을 위해 향과 차와 밥을 올리는 송」(爲珍山和尙 獻香獻茶獻飯垂語)의 일부로, 기화가 옥봉과 진산 스님이 입적했다는 소식을 듣고 찾아가 지은 게송이다.

기화 己和, 1376~1433

산중의 맛 山中味

산 깊고 골 깊어 찾는 이 없으니
종일토록 쓸쓸히 세상 인연 끊겼네.
낮이면 한가로이 산에 이는 구름 보고
밤이면 부질없이 하늘에 뜬 달을 보네.
화로엔 차 달이는 연기 향기롭고
당 위엔 향 연기 꼬불꼬불 올라가네.
인간 세상 시끄러운 일 꿈꾸지 않고
선열禪悅을 즐기며 앉아서 세월 보내네.

山深谷密無人到 盡日寥寥絶世緣 晝則閑看雲出岫 夜來空見月當天

爐間馥郁茶烟氣 堂上氤氳玉篆煙 不夢人間喧擾事 但將禪悅坐經年

출전: 『함허당득통화상어록』

해설　기화는 강화군 마니산 남쪽에 정수사淨修寺를 중창하면서 바위 틈 샘물을 발
견하여 절 이름을 정수사淨水寺로 개명했다고 한다.(김대성, 『차문화유적답사기(하)』,
차의 세계, 2005, 83~84쪽 참조)

보우 普雨, 1509~1565

10월 13일, 눈을 보고 짓다 十月十三日 見雪有作

초겨울 추위가 한겨울 추위보다 더하여
비스듬 열린 선방 문을 손수 닫노라.
납의袖衣 해져 된서리에 깜짝 놀라고
혈기 왕성해 한 해 저무는 줄 몰랐네.
바람 겁내 장막 드리우고 종이 펼쳤으나
추위 두려워 화로 끼고 붓을 던지네.
시자가 차 끓여 와 마시라고 부르기에
일어서 보니 날리는 눈발이 앞산에 가득하네.

初冬寒勝仲冬寒 八字禪扉手自關 袖破易驚霜露重 氣全難覺歲時闌

怯風垂帳開單後 怕冷圍爐閣筆端 侍者煮茶來喚飮 起看飛雪滿前山

출전: 『허응당집』虛應堂集 상권

해설   찻잔을 앞에 놓고 매서운 추위에 눈발 날리는 초겨울의 정경을 읊었다.

보우 普雨, 1509~1565

은 법사의 시에 차운하여 次訔法師韻

무슨 일로 서로 멀리 떨어져 지내며
십 년 세월 대부분을 근심하며 보냈던가?
천보산 앞에서 만났을 때 깜짝 놀라
문득 운흥사에서 노닐던 일 추억했지.
차 끓이면 번번이 함께 마시고 싶었고
시 지어지면 못내 함께 읊고 싶었지.
난계의 깊은 사귐*이 아니라면
만나자마자 의기투합할 수 있겠는가?

北樹東雲緣甚事 十年强半遣長憂 勿驚天寶山前見 却憶雲興寺裏遊

茗熟幾多懷共酌 詩成何但想同謳 不因蘭桂交深厚 肯得相逢驀點頭

출전: 『허응당집』 상권

해설　은訔 법사의 시를 차운하여, 그와 함께 의기투합하여 차 끓이고 시 지으며 노닐던 날들을 회상한 글이다.

• **난계蘭桂의 깊은 사귐**　난초와 계수나무처럼 향기로운 사귐을 의미한다.

보우 普雨, 1509~1565

숭 스님의 시에 차운하여 次崇師韻

속살속살 산비가 봉우리 적시니
선미禪味가 궁금하여 그립기 그지없네.
언제쯤이나 선정 깨고 찾아가서
차 달이며 달빛 아래 마음 나눌까?

山雨絲絲濕翠嵐 未詢禪味戀難堪 何當出定攜笻去 煮茗相傾月下談

출전: 「허응당집」 상권

해설　전체 2수 중에서 첫 번째 시이다. 참선하고 있을 숭崇 스님을 상상하며, 달빛 아래 차 달이며 담소 나눌 날을 고대했다.

보우 普雨, 1509~1565

명·웅 두 벗에게 寄明雄二友

아련해라, 태백산 여러 도반들
근래 얼마나 도에 잠심했는가?
흐르는 세월은 늙음이 찾아드는 빌미이고
덧없는 명예는 선정을 방해하는 마물魔物이네.
차 화로에 차 끓으면 함께 마시고 싶고
서재에 시 완성되면 함께 읊조리고 싶네.
그대들과 나는 정이 얕지 아니하니
가을바람 불거들랑 찾아오지 않으시려나?

緬惟太白諸禪友 近歲參尋道幾多 流水光陰侵老祟 浮雲名譽損禪魔

茶爐茗熟懷同飲 書幌詩成憶共哦 君旣與吾情不淺 秋風連袂訪如何

출전: 『허응당집』 상권

해설   태백산 선방에서 참선하고 있을 명明과 웅雄 두 벗을 그리며, 가을에 찾아와
줄 것을 기대했다.

보우 普雨, 1509~1565

선정을 끝내고 가슴에 둔 생각을 써서 중국에 사신 가는 정조계 대감에게 바치다

禪餘述懷 奉鄭使華棗溪閣下

국계암拘溪庵 외져 의관 정제 게으르고

책들은 어지럽게 종횡으로 펼쳐져 있네.

조그만 근심 없어 하루 종일 낮잠 자고

아름다운 흥취 많아 온 정자 시원하네.

산나물로 밥을 지어 배불리 먹고

들풀로 차 달이니 입안 가득 향기롭다.

조계棗溪 선생이 지은 몇 편의 시를

낭랑하게 읽노라니 희황상인*에 부끄럽지 아니하네.

拘溪深僻懶衣裳 萬卷縱橫亂展床 無少隱憂終日睡 有多佳興一亭凉

山蔬作飯盈腸飽 地草煎茶滿口香 愛把棗溪詩數紙 浪吟無愧比羲皇

출전: 『허응당집』 상권

해설　전체 7수 중 첫 번째 시이다. 중국으로 사신 가는 조계 대감을 보내며, 자신은 한가로이 산나물 먹고 차 마시며 또 조계 대감의 시를 읽을 것이라 했다. 조계 대감은 중종 연간의 문신 정만종鄭萬鍾으로, 1539년 진위사陳慰使가 되어 명나라에 다녀왔다.

• **희황상인羲皇上人**　중국 동진東晉 때의 은사 도잠陶潛을 가리킨다. 도잠은 국운이 쇠하자 벼슬에 나아가지 않은 채 시주詩酒에 흥을 부치고 스스로 '희황상인'羲皇上人이라 했다.

보우 普雨, 1509~1565

흥에 겨워 遣興

우주를 소요하는 흥취 누가 나를 당하리요
무심히 발길 닫는 대로 거니노라.
돌 침상에서 생활하니 옷자락 싸늘하고
꽃동산에서 돌아오니 막대와 짚신 향기롭네.
이곳에서 스스로 한가한 세월 즐기니
인간세계 덧없는 흥망을 어찌 알랴!
식사 뒤에 더욱 맑고 고상한 맛 있으니
한 줄기 차 달이는 연기 석양을 물들이네.

宇宙逍遙孰我當 尋常隨意任彷徉 石床坐臥衣裳冷 花塢歸來杖屨香

局上自知閑日月 人間那識擾興亡 淸高更有常齋後 一抹茶煙染夕陽

출전: 「허응당집」 하권

해설　밥을 먹고 석양을 바라보며, 한잔 차를 마시는 흥취를 담았다.

보우 普雨, 1509~1565

달밤에 소쩍새 울음을 듣고 月夜聞子規

작은 창문 높은 누각 선상禪床은 싸늘한데
물 길어 차 달이니 달빛이 솥에 가득하다.
모를레라, 소쩍새는 무엇이 즐거운지
나와 함께 밤을 지새우며 남산에서 우짖네.

小窓高閣冷禪床 汲水煎茶月滿鐺 不識子規何所樂 與吾同夜叫南崗

출전: 『허응당집』 하권

해설　달빛 아래 차를 달여 마시며, 앞산의 소쩍새 울음소리 듣는 심경을 읊었다.

보우 普雨, 1509~1565

한밤에 동자의 솥 씻는 소리를 듣고
夜聞童子洗鐺聲有省

맑은 향 사르며 법당에 앉았노라니
홀연히 다생多生의 한바탕 꿈이 깨누나.
인적 고요한 오래된 부엌, 달 밝은 밤에
동자가 개울물 길어 차솥을 씻는 소리.

清香一炷坐高堂 忽破多生夢一場 人靜古廚明月夜 汲泉童子洗茶鐺

출전: 「허응당집」 하권

해설   차를 마신 뒤 법당에 앉아서 동자승의 차솥 씻는 소리를 들으며, 문득 다생
즉 수많은 생이 덧없음을 말했다.

보우 普雨, 1509~1565

취선에게 寄醉仙

청평산이 선동仙洞에 있어
온 땅이 모두 꽃밭.
본시 관청의 세금 없으니
아전에게 들볶일 일 없네.
돌개울 기슭에 백지白芷를 심고
돌아와 소나무 아래에 잠잔다.
이 즐거움 세상에 없으니
인간 세상에 부러운 이 적다네.
그대 홀로 진실한 은사를 사모하여
벼슬 버리고 훌쩍 이곳으로 왔네.
달빛 아래 그윽한 흥취 이야기할 제
신선의 부엌에는 차 연기 일어난다.

淸平在仙洞 地地皆花田

本無官賦稅 那有差胥牽

澗底種白芷 歸來松下眠

此樂世不有 人間人少憐

君獨慕眞隱 舍笏來飄然

月夕話幽趣 丹竈生茶煙

해설　『허응당집』에는 취선醉仙과 청평산(강원도 춘천시 소재)이 자주 나오는데, 아마도 보우가 자주 왕래했던 곳으로 짐작된다. 이 글에서는 그곳을 신선이 사는 세계 즉 '선동'仙洞으로 묘사하고 있다. 원래 5언 34구인데, 전반부만을 수록했다.

보우 普雨, 1509~1565

세심정에서 견성암을 바라보며 시를 지어 수종 사의 준 스님에게 보이다

洗心亭上 望見性蘭若 遂賦詩以示俊水鍾

소나무 잣나무 울창한 절벽에

지붕 얼비치는 조그만 산사.

조화옹이 온 산의 빼어난 기운 모았고

산신령이 여러 땅의 정기를 잘라 왔네.

차 달이는 연기 꼬불꼬불 피어오르니 가슴이 시원하고

숲 헤치고 손님 오실까 눈 빠지게 기다리네.

임금께 받은 은혜 혹 다 갚는 날 온다면

돌아가 그곳에 누워 남은 생애 같이하리.

丹崖松栢鬱靑靑 蘭若三間半露甍 造化一山鍾秀氣 岳靈諸地割精英

蕩胸煮茗烟成篆 決眥穿林客到楹 恩眷倘能垂報盡 會當歸臥共餘生

출전: 「허응당집」 하권

해설   세검정에서 바라본 견성암見性庵의 경치를 읊고, 그곳에서 준俊 스님과 여생을 함께하기를 눈 빠지게 기다린다고 하였다.

향로봉에 노닐다 遊香峰

걷고 또 걷노라니
층층의 벼랑 몇 겹이더냐?
골짝에 흰 구름 일어나
향로봉 문득 사라졌네.
시냇물 긷고 낙엽 태워서
차 달여 한잔 마시네.
밤 되어 바위 아래서 자니
날아가는 용을 탄 기분일세.
내일 아침 천하를 굽어보면
온갖 나라가 벌집처럼 펼쳐져 있으리.•

步步又步步 層崖幾重重

白雲生洞壑 忽失香爐峰

———————

• 내일 ~ 있으리　인간 세상의 부귀와 영화는 하찮고 부질없다는 뜻이다. 휴정은 「향로
봉」香鑪峯이라는 시에서 "만국의 도성은 개미집 같고, 천가의 호걸은 초파리와 같아라"(萬
國都城如垤蟻 千家豪傑若醯鷄)라고 읊은 일이 있다.

汲澗燃秋葉　烹茶一納胸

夜來巖下睡　魂也御飛龍

明朝俯天下　萬國列如蜂

출전: 『청허집』淸虛集 권1

해설　향로봉에 올라 차를 마시고, 잠들기 전 내일 아침에 펼쳐질 장관을 기대하며
적은 글이다.

휴정 休靜, 1520~1604

두류산 은적암에서 頭流山內隱寂

대여섯 명 승려가

내 암자 앞에 절을 지었다.

새벽 종소리에 함께 일어나고

저녁 북소리에 함께 잠든다.

개울물의 달을 함께 길어

차 달이니 푸른 연기 난다.

날마다 하는 일 무엇인가?

염불과 참선이지.

有僧五六輩 築室吾庵前 晨鍾卽同起 暮皼卽同眠

共汲一澗月 煮茶分靑烟 日日論何事 念佛及參禪

출전: 『청허집』 권1

해설 휴정은 1556년 선교양종판사禪敎兩宗判事를 그만둔 이래, 금강산·지리산·태백산·오대산·묘향산 등을 두루 행각하며 수행했는데, 이 시는 지리산 은적암에 머물 때 지은 것으로 보인다.

휴정 休靜, 1520~1604

행주 선자에게 보이다 示行珠禪子

흰 구름은 그대 벗이요
밝은 달은 그대 삶이지.
만학천봉 속에서
만나는 사람마다 차 권하네.

白雲爲故舊 明月是生涯 萬壑千峰裏 逢人卽勸茶

출전: 『청허집』 권2

해설 전체 3수 중 세 번째 시이다. 자연 속에서 '조주 선'을 따라 사는 모습을 읊었다.

휴정 休靜, 1520~1604

도운 선자 道雲禪子

산승의 평생 사업은

차 달여 조주趙州에게 드림이라.

마음은 식고 머리 또한 쇠었으니

어찌 다시 세상사를 생각할까?

衲子一生業 烹茶獻趙州 心灰髮已雪 安得念南洲

출전: 『청허집』 권2

해설　승려의 몸으로 많은 직함을 띠고 일했는데 이제 늙었으므로 더 이상 세상 사업에는 관심을 끊고 승려의 본분에 충실하겠다는 다짐을 읊었다. 마지막 구 원문의 남주南洲는 수미사주의 하나인 남섬부주南贍浮洲인데, 곧 사바세계를 뜻한다.

휴정 休靜, 1520~1604

천옥 선자 天玉禪子

낮에는 한 사발 차
밤에는 한바탕 잠.
푸른 산과 흰 구름
모두 무생의 일*을 말하네.

晝來一椀茶 夜來一場睡 靑山與白雲 共說無生事

출전: 『청허집』 보유

해설   한 사발 차와 한바탕 잠으로 살아가는 자신의 삶이나 청산 백운이 모두 보이는 모습 그대로 진여眞如임을 읊은 시이다.

• **무생無生의 일**   천지 만물의 실체는 본래 공空이므로 생생과 멸滅이 없다는 불법의 진리를 의미한다.

휴정 休靜, 1520~1604

감로차를 올리다 拜獻甘露茶

우거진 풀숲에서 찻잎을 따서
장강의 물로 옥사발에 차를 달여 내네.
깨우친 장주莊周는 꿈에서 깨고
깨달은 조주趙州는 차맛을 아네

百草林中采取成茶荔　烹出玉甌楊子江心水

破闇莊周胡蝶驚夢回　滌去昏迷趙州知滋味

출전: 「운수단가사」雲水壇詞詞

해설　『운수단가사』란 불교 의식을 서술한 것으로, 이 글은 감로차를 헌공할 때 쓰
던 가사이다.

일선 一禪, 1533~1608

대둔사에 제하다 題大芚寺

솔바람 소리는 귀를 맑게 해 주고
계곡물 소리는 꿈결에 들린다.
공양이 끝난 뒤의 한잔 차로
아침저녁으로 풍월을 함께하네.

松韻淸人耳 溪聲惹夢魂 齋餘茶一椀 風月共朝昏

출전: 「정관집」靜觀集

해설   솔바람과 계곡물, 풍월과 함께하는 한잔 차로 대둔사의 정경을 표현했다.

일선 一禪, 1533~1608

옛 절 古寺

한적한 산사 찾아가는 지금 마침 봄인데
차 달이는 바위 앞에 저녁연기 일어난다.
숲 너머 묵은 탑은 돌보는 이 하나 없고
저녁 까마귀만 흰 구름 속으로 날아가도다.

客尋蕭寺正春天　煮茗岩前起夕烟　古塔隔林人不管　暮鴉飛入白雲邊

출전: 「정관집」

해설　봄날 저녁, 차 연기 피어오르는 고즈넉한 산사의 풍경을 묘사했다.

선수 善修, 1543~1615

고 수재*의 시에 차운하다 次高秀才

봄 되자 시심詩心이 샘솟고
이별의 정은 밤 깊자 깊어지네.
내일 아침이면 차 한잔 마시고
호계*의 다리에서 이별하겠지.

詩思經春亂 離情入暮饒 明朝茶一椀 相送虎溪橋

출전: 『부휴당집』浮休堂集 권1

해설   고 수재의 시에 차운한 두 번째 시이다. 아침이면 떠날 고 수재와 시를 주고
받으며, 그 이별의 아쉬움을 읊었다.

• **수재秀才**   원래 성균관 유생 중 재주가 뛰어난 자를 일컫는 말이나, 장가들지 않은 남자
의 존칭으로도 사용된다.
• **호계虎溪**   중국 진晉나라 고승 혜원慧遠이 동림사로 찾아온 손님을 전송할 때 호계를
건넌 적이 없었는데, 도잠陶潛과 육수정陸修靜이 방문했을 때는 호계를 지난 줄도 모르고
마음을 나누다가 세 사람이 크게 웃고 헤어졌다는 일화가 있다.

선수 善修, 1543~1615

산거잡영 山居雜詠

하늘과 땅 사이에
잠시 쉬어 가는 나그네.
숲 헤치고 햇차를 따고
솥 씻어 단약을 달이네.
달밤에 밝은 달을 구경하고
가을 산에서 가을 밤 보내네.
구름도 깊고 물도 깊어
자취 찾을 길 없음이 기쁘네.*

俛仰天地間 暫爲一時客 穿林種新茶 洗鼎烹藥石

月夜弄月明 秋山送秋夕 雲深水亦深 自喜無尋迹

출전: 「부휴당집」 권2

해설　인간의 왕래가 끊긴 산속에서 차를 따고 단약을 달이며 깊은 산속에 사는 즐
거움을 읊었다.

---

* **구름도 ~ 기쁘네**　중국 당나라 시인 가도賈島의 「은자를 찾았으나 만나지 못하고」(尋隱
者不遇)에 "소나무 아래에서 동자에게 물으니, 스님은 약초를 캐러 나갔다네. 이 산속에
계신 것만은 분명한데, 구름이 깊어서 어딘지는 모른다네"(松下問童子 言師採藥去 只在
此山中 雲深不知處)라는 표현이 있다. 여기서는 자신이 아무나 찾아올 수 없는 깊은 산속
에 사는 것이 마음에 흡족하다는 뜻이다.

선수 善修, 1543~1615

암 선백*에게 贈巖禪伯

심산에 홀로 앉았음에 만사가 덧없으니
문을 닫고 종일토록 무생無生을 배운다.
살림살이 점검하니 별 물건 없고
한 사발 햇차와 한 권의 불경뿐.

獨坐深山萬事輕 掩關終日學無生 生涯默儉無餘物 一椀新茶一卷經

출전: 『부휴당집』 권4

해설　전체 3수 중 두 번째 시로, 선수가 그의 제자인 벽암碧巖 각성覺性에게 준 시
이다.(백기란, 『다송자 차시 연구』, 성균관대학교 석사논문, 2002, 13쪽 참조) 세 번째
구의 검儉은 검檢의 오기인 것으로 짐작된다.

• **선백禪伯**　그림을 그리는 화가를 높여 화백畵伯이라고 하듯이 도를 닦는 스님을 높여
지칭하는 말이다.

선수 善修, 1543~1615

송운에게 보내다 寄松雲

아침에 찻잎 따고 저녁에 땔감 하며
또 산열매 수확하니 가난치 않아라.
향 피우고 앉았음에 다른 일 없으니
벗과 도란도란 이야기 나누고 싶어라.

朝採林茶暮拾薪 又收山果不全貧 焚香獨坐無餘事 思與情人一話新

출전: 『부휴당집』 권4

해설　송운松雲은 유정惟政, 즉 사명 대사四溟大師의 호이다.

유정 惟政, 1544~1610

병자년 가을, 가야산을 유람하다 丙子秋 游伽耶山

동자가 낙엽 모아 차 달여 마시니
불울한 평생의 가슴이 씻기네.
거니노라니 어느새 한밤중 되어
별은 돌고 달은 져서 하늘만 검푸르네.

僮收枯葉烹茗飮 滌蕩磊塊平生腸 徘徊不覺夜將半 星廻月墮天蒼蒼

출전: 「사명당집」四溟堂集 권1

해설   원래 7언 장편고시이나, 그 일부만 발췌했다. 병자년은 1576년, 유정의 나이
33세 때이다.

유정 惟政, 1544~1610

회답사를 보내면서 奉別回答使

통명전*에서 조서를 받들고
거친 바다로 먼 길을 떠나시네.
북극의 저녁 구름은 해와 함께 멀어지고
일본으로 가는 길은 하늘과 더불어 길다.
아이들이 바치는 금귤을 받으실 것이요
이가 까맣게 물들도록* 차를 마시겠지요.
임무 마치고 많은 백성들 데리고 오실 제
가을 바다에 돌아오는 배 양양하시겠지요.

通明殿下受明詔 鯨海鯤波發此行 北極暮雲將日遠 東州歸路與天長

黃柑每見班兒獻 靑茗時同染齒嘗 竣事還携多赤子 秋洋隨意泛回艎

출전: 「사명당집」 권3

해설　전체 2수 중 두 번째 시이다. 일본에 포로로 잡혀간 백성들의 쇄환刷還 임무
를 띤 회답사回答使가 떠남에 많은 백성들을 데리고 돌아올 것을 축원한 것이다.

• **통명전通明殿**　창경궁의 내전內殿으로 대비大妃들이 거주하던 공간이다.
• **이가 까맣게 물들도록**　일본의 풍속 중에 이를 옻으로 까맣게 물들이는 관습이 있어 조선
에서 그들을 '흑치'黑齒라고 불렀다.

유정 惟政, 1544~1610

지호 선백에게 드리다 贈智湖禪伯

조계 선맥 이어 온 오랜 법손들
발길 닿는 곳마다 사슴들 모였네.*
사람들아 허송세월한다 하지 마오
차 달이는 여가에 흰 구름 보나니.

係出曹溪百代孫 行裝隨處鹿爲羣 傍人莫道虛消日 煮茗餘閑看白雲

출전: 『사명당집』 권5

해설　전체 2수 중 첫 번째 시이다.

• **사슴들 모였네**　석가모니가 성도成道한 지 21일 뒤에 최초로 설법을 개시한 언덕을 '녹
야원'鹿野苑 즉 '사슴 동산'이라고 한다. 여기서는 설법 자리마다 불승들과 불자들이 구름
같이 모여들었다는 의미이다.

유정 惟政, 1544~1610

선소의 시에 차운하다 次仙巢韻

저자에 대은大隱이 있다더니
노사老師와 방장方丈이 의연히 계시네.
차를 따라 선문의 게송 보여 주시니
중국에서 건너온 격외格外의 선禪일세.

城市曾聞大隱在 老師方丈正依然 點茶示我宗門句 知是西來格外禪

출전: 「사명당집」 권7

해설　전체 2수 중 두 번째 시이다. 선소仙巢는 일본 승려 현소玄蘇(일본명 겐소)의
호로, 조선과 일본을 자주 왕래했던 인물이다. 유정은 1604년(선조 37) 국왕의 친서
를 가지고 일본에 건너가 강화를 맺고 이듬해 조선인 3천여 명을 인솔하여 귀국했다.
이 시는 이때 지은 것이다.

유정 惟政, 1544~1610

원길의 시에 차운하여 次元佶韻

만났다 헤어짐은 숙생의 인연
해동에서 다시 만날 줄 어찌 알았으랴!
봄 정자에서 좋은 차 달여 마시노라니
푸른 풀과 흐드러진 꽃이 눈앞에 가득하다.

『황정경』 손에 들고 비결을 묻고져
멀리 바다 건너 신선 세계 방문했네.
어린 승려 불러 차 석 잔 내오니
동원의 종풍宗風은 옛 전형 그대로일세.*

聚散皆因宿有緣 海東那料此同筵 春亭烹進仙茶飮 靑草烟花滿眼前

欲把黃庭問神訣 遠勞桑海欸仙扃 喚沙彌進茶三琬 東院宗風古典刑

출전: 『사명당집』 권7

해설　　앞의 시 「선소의 시에 차운하다」와 마찬가지로 이 시도 일본에 건너갔을 때
지은 것이다. 두 번째 구의 해동海東 또한 일본을 지칭한 것으로, 일본 승려 원길元佶
(일본명 겐기츠)과의 작별을 담았다.

• 동원東院의 ～ 그대로일세　'동원'이란 바다 건너 동쪽 일본의 사찰을 의미한다. '종풍이 옛
전형 그대로'라는 것은 일본 선종이 조주 선풍의 원래 법도를 잘 간직하고 있다는 말이다.

인오 印悟, 1548~1623

돌 침상 石床

향기로운 감실에는 불상만이 서 있고
부뚜막에는 차 달이는 사람 없네.
돌 침상 위에 홀로 누웠노라니
달빛 비치는 숲 속에 자규만이 울어대네.

香龕像虛立 茶竈沒人隨 獨臥石床上 月林啼子規

출전:「청매집」靑梅集 권하

해설 돌 침상을 소재로, 사람이 살지 않는 듯 적막한 산사의 정경을 읊었다.

태능 太能, 1562~1649

조주의 차를 읊다 詠趙州茶

삼등의 찻사발*이 마음을 감동시키니
몇 사람이나 말 떨어지자 그 문하에 들어갔던가?
상황 따라 솜씨 부려 작용이 무궁하니
후대의 법손들을 곧장 깨우쳐 주셨네.

만나는 사람마다 차나 마시라 하시니
청평조* 한 곡조를 알 이 없도다.
총림叢林의 손님 대접이 이러한 것일 뿐이었는데
겁劫 밖의 그 가풍이 지금까지 내려오네.

- **삼등의 찻사발**　'삼등의 찻사발'이란 1등이나 2등 즉 특별하지 않고 평범한 찻사발을 의미한다.
- **청평조淸平調**　이백과 소동파가 지은 것이 있는데, 이백의 것을 압권으로 친다. 여기서는 남들이 이해하지 못하는 매우 수준 높은 노래라는 뜻이다. 곧 조주 선사의 '끽다거'喫茶去 공안은 그 의미를 알아듣는 사람이 거의 없다는 뜻이다.

三等茶甌換眼睛 幾人言下入門庭 應機隨手用無盡 后代兒孫直使明

雷例逢人喫茶去 淸平一曲少知音 叢林待客只如此 劫外家風直至今

출전: 「소요당집」逍遙堂集

해설　2수로 된 연작시이다. 조주趙州가 도를 묻는 제자에게 '끽다거'喫茶去라고 대
답한 것이 선가禪家의 전통이 되어 오늘날까지 전해지고 있음을 말했다.

언기 彦機, 1581~1644

법륜 총섭*의 시에 차운하다 次法輪摠攝韻

새해 되자 어느새 흰 수염 늘었건만
변방에서 스님 만나 억지로 웃어 보네.
산차山茶 대여섯 잔을 다 마시고 나니
봄바람은 여전히 새벽 창에 싸늘하네.

新年不覺添衰鬢 關塞逢師强破顏 勸盡山茶三五椀 春風依舊曉窓寒

출전: 『편양당집』鞭羊堂集 권1

해설   이른 봄 변방에서 법륜 총섭을 만나 함께 시를 주고받은 것이다.

• **총섭摠攝**   고려 말과 조선 시대의 승직僧職. 일반적으로 본사급 사찰이나 실록을 보관한 사찰의 주지를 일컫는다.

충휘 冲徽, ?~1613

늦봄, 안심사를 유람하다 春晚 遊安心寺

날 밝자 밤비 그치고
푸른 안개 낙화를 적시네.
산승이 상춘객 붙잡아
손수 햇차 달이네.

夜雨朝來歇 靑霞濕落花 山僧留野客 手自煮新茶

출전: 「운곡집」雲谷集

해설 충휘는 이안눌李安訥, 이수광李睟光, 차천로車天輅, 장유張維 등 당대의 명사들과 교유가 있었던 스님으로, 『동문선』에 그의 시가 수록되어 있다.

충휘 冲徽, ?~1613

백운암 白雲菴

백운령에 백운암 있어
청량한 풍경 소리 하늘에서 들려오네.
동자 아이 물 길어 돌아간 뒤
한낮의 부엌에서 차 연기 피어오르네.

白雲菴在白雲巓 清磬冷冷出半天 童子汲歸菴磗水 香廚日午起茶烟

출전: 「운곡집」

해설 풍경 소리와 차 연기가 어우러진 백운암의 실경을 시로 읊었다.

삼가 용운 김 판서의 시에 차운하여
敬次榕雲金判書韻

바위 구멍에서 솟은 샘물 졸졸졸 흘러
물결이 쫄랑쫄랑 작은 못으로 들어가네.
아이는 졸다 일어나 차 절구 찧고
한 줄기 가벼운 연기 석양에 어리네.

巖竇靈泉細脉長 跳波流入小池塘 山童睡起敲茶臼 一抹輕烟逗夕陽

출전: 『운곡집』

해설　바위틈 샘물과 절구 찧는 아이, 석양의 차 연기가 순차적으로 묘사되어, 그 안에서 차를 마시는 장면을 떠올리게 되는 시이다.

신안 스님에게 드리다 贈信安師

세상엔 번뇌가 많으니
외딴 산사가 살기 좋겠지요.
산은 모래톱에서 끊어지고
물은 돌벼랑 만나 울겠지요.
먹이 던지면 물고기들 다투어 뻐끔거리고
기심* 없으니 산새들 달아나지 않겠지요.
아이 불러 햇차를 달이고
시 읊으며 푸른 산줄기 보시겠지요.

世界多煩惱 宜居獨化城 山從沙際斷 水到石稜鳴
抛食魚爭呷 忘機鳥不驚 呼兒煮新茗 吟對亂峯靑

출전: 『운곡집』

해설   신안 스님이 계신 산사의 정겹고 평화로운 경치와 일상을 담았다.

• 기심機心 동물을 잡기 위해 덫을 놓듯이, 어떤 목적을 이루기 위하여 교묘하게 도모하는 마음을 말한다.

혜천 스님에게 드리다 贈惠天師

해가 가니 머리 온통 세었고
봄이 오자 낮이 정말 길구나.
책들은 흐르는 세월에 부쳐 두고
노병老兵은 지는 볕을 아까워하네.
안개는 연기와 섞여 푸르고
샘물은 차와 어울려 향기롭다.
하룻밤 강가 사찰에서 묵으며
청담 나누며 밤을 새고 싶어라.

歲去頭全白 春來晝正長 詩書付流水 老兵戀殘陽

靄雜爐烟碧 泉和茗味香 一宵江上寺 淸話廢眠床

출전: 『운곡집』

해설 흐르는 세월을 느끼며, 혜천 스님이 있는 강가 사찰에서 하룻밤 정담을 나누고 싶다고 하였다.

삼가 오산 차 교리의 시에 차운하다

敬次五山車校理韻

봄 깊어 온 동산에 나비가 나는데
쓸쓸한 초당에 객이 잠시 머무네.
이끼 낀 길을 걷노라니 발자국 없고
향기로운 차 자주 마시며 기심機心을 씻네.
처마 너머 봉우리에 비 지나가자 주렴에 바람 일고
뜨락의 나무에 구름 걸리자 이슬이 옷을 적시네.
야인이라 매양 귀한 분 모시는 것 기뻐했건만
내일이면 더 이상 모시지 못해 서운해 죽겠네.

春深粉蝶滿園飛 茅屋蕭然客暫依 苔逕獨行無履跡 香茶頻啜淨心機

簷峯雨過風生簾 庭樹雲來露滴衣 野性每欣陪妙躅 不堪明日意多違

출전: 『운곡집』

해설 전체 2수 중 첫 번째 시로, 오산 차 교리는 차천로車天輅를 가리킨다. 야인은
산승이 자기 자신을 낮추어 일컫은 말이다.

충휘 冲徽, ?~1613

천진대에서 대제학 계곡 장유 상공에게 드리다

天眞臺 寄上大提學谿谷張相公

산이 깊어 정사精舍가 반쯤 구름에 잠겼으니

종일토록 문 열어 두어도 세상 먼지 없네.

이끼 낀 길은 가느다랗게 삼나무 숲으로 이어지고

맑은 개울은 깊숙이 돌벼랑에서 나누어지네.

작은 부뚜막에서 차 절구 찧자 향기 날리고

빈 불당에서 향 피우자 연기 피어오르네.

제비는 여기가 청정 사찰인 줄 모르고

진흙 물어 수시로 묘련문*을 더럽히네.

山高精舍半藏雲 長晝開扃遠世紛 苔逕細穿杉影轉 玉溪深向石稜分

香飄小竈敲茶臼 烟颺空壇爇寶薰 巢燕不知淸淨界 啣泥時汚妙蓮文

출전: 『운곡집』

해설　충휘는 시로 이름이 높았던 스님으로, 『운곡집』에 장유가 쓴 서문이 있다.

• **묘련문妙蓮文**　묘련경妙蓮經, 즉 『묘법연화경』妙法蓮華經 일명 『법화경』法華經을 가리킨다. 불타의 종교적 생명을 설파한 것으로, 대승 경전大乘經傳 중에서 가장 존귀하게 여겨지는 책이다. 여기서는 단순히 제비가 집을 짓다가 불당이나 불경에 흙을 떨어뜨린 실제 장면을 묘사한 것이다.

수초 守初, 1590~1668

차운하여 현재 스님에게 주다 次韻贈玄載上人

한 사발 맑은 차를 매양 그대에게 권하건만
해 기울자 만 겹 구름 속으로 도로 들어가네.
납의에 막대 짚고 늘 오가거니
청산에서 헤어져 있다고 누가 말하나!

一椀淸茶每勸君 日斜回入萬重雲 衲衣筇杖常來往 誰道靑山兩處分

출전: 『취미대사시집』翠微大師詩集

해설   서로 청산에 있으면서 늘 만나 차를 나누니, 따로 기거하는 것이 헤어짐이라
할 수 없다는 뜻이다.

수초 守初, 1590~1668

선을 묻는 산승에게 示問禪僧

일 없어 바람 향해 문을 반쯤 열었더니
나에게 조르는 이 있어 심회를 털어놓네.
평상한 선취를 분명히 보여 주노니
식사 후에 마시는 한 사발 차로다.

無事臨風戶半開 有來要我便陳懷 分明示指平常趣 飯後山茶吸一杯

출전: 『취미대사시집』

해설　선취禪趣를 묻는 산승에게 밥 먹은 뒤에 마시는 산차山茶 한 사발이 바로 '일
상의 선취'라고 대답한 것이다.

명조 明照, 1593~1661

정 동지의 시에 차운하다 次鄭同知韻

은사가 참 세상 찾아 운문*을 들어와
신선의 차 마시고 나니 속된 마음 사라졌네.
세간의 영욕은 거품과 같으니
삼라만상이 하나의 물건이라.

高士探眞入雲局 仙茶吸盡塵心滅 世間榮辱似浮漚 萬象森羅爲一物

출전: 『허백집』虛白集 권2

해설   차 사발 속에 이는 거품을 보고 인간 세상의 영욕을 거품과 같다고 했다.

• **운문雲門**   산문山門과 마찬가지로 절을 뜻한다. 즉 절에 들어와 중이 되었다는 말이다.

상당* 및 육색*의 축원문 上堂及六色掌祝願

천축국天竺國의 푸른 가지는 달콤한 차요

동정호*의 황귤은 새콤한 차요

파촉巴蜀의 빗속에 딴 차는 쓴 맛의 차요

탁금강*의 봄바람은 매운 맛의 차요

연산連山의 복혈復穴은 부드러운 차요

암봉岩蜂의 순밀淳蜜은 꿀맛의 차요

청산靑山의 잣은 향기로운 차요

자악紫岳의 넝쿨은 오미五味의 차라.

앞의 여덟 가지를 섞어 가루 내고

장강의 강물을 옥사발에 끓여 내어

조주에 와서는 권하는 차 되었네.

- **상당上堂**　장로나 주지가 법당이나 강단에 올라가 설법하는 것.
- **육색六色**　절에서 큰 불사가 있을 때에, 음식을 분담하여 만드는 것.
- **동정호洞庭湖**　중국 호남성湖南省에 있는 중국 최대의 호수. 호수 가에 악양루岳陽樓가 있고 소상팔경瀟湘八景이 부근에 있으며 주변에서 유명한 귤이 생산된다.
- **탁금강濯錦江**　중국 사천성四川省 성도成都 부근을 경유하는 민강岷江의 한 지류로, 일설에는 성도 완화계浣花溪의 별칭이라고도 한다.

위로 여래에 올리면 영명靈明을 더욱 돕고
아래로 중생에겐 목마름을 해소하네.
오늘 차 달이는 이는 다각茶角 스님일세.

西竺綠枝 甘味之茶 洞庭黃橘 酸味之茶

蜀天帶雨 苦味之茶 錦江和風 辛味之茶

連山復穴 乳未之茶 岩蜂淳蜜 甜味之茶

靑山栢子 香味之茶 紫岳蘿蔓 五味之茶

上諸八味 總鎔爲抹 楊子江水 烹出玉甌

變作趙州 勸人之茶 獻上如來 更助靈明

下及群迷 止渴除熱 今日烹茶 茶角比丘

출전: 『침굉집』枕肱集 권하

해설   절에서 설법이나 불사를 행할 때 쓰는 축원문 중에서 차를 언급한 부분을 발췌한 것이다. 인도를 뜻하는 천축국에서 시작하여 중국의 동정호 등 여덟 곳의 이름난 물산이나 경관을 나열하면서 거기에 맞는 여덟 가지 차 맛을 말하고, 마지막으로는 그 공덕을 칭송했다.

비에 발이 묶여, 삼가 백헌 상공께 드리다

滯雨 敬呈白軒相國

객의 시름을 달랠 수 없으니

돌아가고픈 마음만 절로 많네.

문득 창밖에 빗소리 들려와

근심스레 뜨락의 꽃 바라보네.

여린 풀은 봄의 강가에 싱그럽고

외로운 연기 저문 모래밭에 이네.

어느 때나 도반들과 함께

햇차 달여 서로 권할 수 있을까?

客興何曾遣 歸心只自賖 忽聞窓外雨 愁對檻前花

細草迷春渚 孤烟起晚沙 幾時携道伴 相勸煮新茶

출전: 『대각등계집』大覺登階集 권1

해설 전체 2수 중 첫 번째 시로, 백헌白軒은 삼전도비의 비문을 쓴 것으로 유명한
이경석李景奭의 호이다.

처능 處能, 1617∼1680

봄날, 임 스님에게 보내다 春日 寄林師

봄 오자 그윽한 흥취 한껏 더해져

옛 곡조 「백설가」*를 목청껏 부르네.

동자는 나무 지고 와 고사리 삶고

노승은 삽을 들고 차나무 심네.

평상에서 베개 높이 베니 물소리 멀고

처마 끝에 주렴 걷으니 산 빛이 짙어라.

정원은 깊디깊어 잠은 오지 않고

섬돌 가득 꽃 그림자만 비껴 있어라.

春來幽興十分加 古調誰知白雪歌 童子荷薪烹早蕨 老僧將鍤種新茶

床頭高枕水聲遠 簷角卷簾山色多 庭院深深人不寐 滿階花影自橫斜

출전: 「대각등계집」 권1

해설　고사리 삶고 차나무 심는 봄날의 흥취를 읊은 것이다.

• **백설가**白雪歌　일반적으로 고상하고 아취 있는 곡이나 아름다운 시를 가리킨다. 중국 춘추시대 초나라의 「백설」白雪, 「양춘」陽春 두 가곡은 곡조가 매우 고상하여 창화하는 사람이 아주 드물었다는 일화가 있다.

처능 處能, 1617~1680

차운하여 정 수재에게 주다 次寄鄭秀才

천진스런 나그네가 산속 암자 찾아왔는데

고풍스런 의관이 대정씨大庭氏*를 생각나게 하네.

유령劉伶*을 배워 「주덕송」을 자랑하고

육우陸羽*를 따라 『다경』을 짓네.

평생에 천성은 시흥이 지독하고

집안은 덕망으로 명성이 났어라.

이웃에 사는 줄을 남들이 모르지만

북산北山의 신령께 부끄럽지 않아라.*

清狂有客到嵒扃 古貌衣冠想大庭 宜學劉伶誇酒頌 唯探陸羽著茶經

平生性癖多詩興 家世名聲飽德馨 丘壑卜隣人不識 隱居無愧北山靈

출전: 「대각등계집」 권1

• **대정씨大庭氏** 중국 상고上古 시대 제왕의 호. 혹은 염제신농씨炎帝神農氏의 별호라고
도 한다. 일반적으로는 예교의 구속을 받기 전 태평시대의 사람을 의미한다.

• **유령劉伶** 중국 진晉 나라 때, 죽림칠현의 한 사람. 천성이 술을 매우 좋아하여 늘 술 한
병을 가지고 다녔고, 사람에게 삽을 들고 따라다니도록 하면서 말하기를, "죽으면 곧 나를
묻으라"고 하였다. 술을 예찬하는 글인 「주덕송」酒德頌을 지었다.

• **육우陸羽** 중국 당나라 때 다신茶神으로 일컬어지는 인물. 저서로 『다경』茶經이 있다.

• **북산北山의 ~ 않아라** 중국 남북조 시대 제齊 나라의 주옹周顒이 북산에 은거하며 덕행
이 있었는데, 황제가 불러 나가서 벼슬하다가 여의치 못하자 다시 북산으로 돌아가려 하
니, 공치규孔稚圭라는 사람이 「북산이문」北山移文을 지어서 산은 그런 사람이 오는 것을
거절한다는 뜻을 밝혔다. 주옹처럼 속세에서 출세를 쫓지 않았으니 부끄럽지 않다는 뜻이다.

해설　정 수재의 천진스러움과 재주, 그리고 말로만 은사임을 자처한 것이 아니라 실제로 은거한 행적 등을 칭찬한 것이다. 여기서 「주덕송」을 자랑한다'는 말은 술을 마시는 것이고, 『다경』을 짓는다'는 말은 차를 마신다는 의미이다.

처능 處能, 1617~1680

회문체를 본떠 效回文體

벼랑으로 난 오솔길 따라 깊은 암자로
아득히 돌아가는 산승은 산 까치 벗했네.
대숲의 밝은 구름은 암석에 서려 있고
꽃동산 지는 해는 모래톱으로 떨어지네.
술 석 잔 마신 뒤 마음이 가라앉고
차 한잔 들이키니 흥이 솟아올라라.
흘러가는 세월에 지난 일 생각하며
일곱 줄 거문고 안고 곡조를 어르네.

深菴草逕細盤崖 遠遠歸僧伴噪鴉 林竹暎雲迷間石 岸花低日落汀沙
心初定後三杯酒 興逸飛時一椀茶 今古變移推往事 琴絃七曲韻橫斜

출전: 「대각등계집」 권1

해설 회문체回文體란 앞에서 읽거나 뒤에서 읽거나 뜻이 통하도록 짓는 시 형식을
말한다.

처능 處能, 1617~1680

일언에서 십언까지 自一言至十言

거닐고

거니네.

달빛 비치는 골짝

바람 불어오는 누대.

지팡이 짚고 나섰다가

구름 헤치고 돌아오네.

한가로이 흰 바위에 앉았다가

느긋하게 푸른 이끼 밟아 보네.

사나운 호랑이도 친근하게 다가오고

지저귀는 산새도 벗이 되어 다가오네.

울창한 대숲 새로 오솔길 낸 은자의 집에서

좋은 차 몇 잔 마시자, 한가한 흥이 솟구치네.

徘 佪

月壑 風臺

携杖去 拂雲回

閑蹲白石 倦踏靑苔

猛虎馴將至 鳴禽伴得來

幽棲亂竹三逕 逸興良茶數盃

출전: 「내각등제집」 권1

해설　제목에 나오듯이 원래 1자에서 10자까지 2구씩 짝을 맞춘 시이나, 차에 관해
언급한 6언까지만 수록했다.

현일 玄一, 1630~1716

천장암 天藏庵

허공에 매달린 천장암
찾는 이 없어 적막하네.
창을 여니 먼 산 외로이 보이고
시야 트여 아스라이 십주十洲˙가 보이네.
부뚜막엔 차 달이는 연기 오르고
솔 바위엔 학 그림자 나부끼네.
온갖 절경을
붓으로 묘사해 낼 수 없어라.

庵掛碧岩嶤 無人訪寂寥 窓開孤峀遠 眼豁十洲遙
金竈茶烟起 松岩鶴影飄 萬般殊勝景 把筆未能描

출전: 『한계집』寒溪集

해설   천장암은 충남 서산시 고북면 장요리 연암산에 있는 고찰이다.

––––––––––

• 십주十洲   원래 바닷속 선경仙境을 지칭하는 도교 용어이나, 여기서는 서해를 가리킨다.

현일 玄一, 1630~1716

표훈사 表訓寺

청산 백 리 안개 뚫고 가노라니
깨끗한 산사에 금모래 깔렸구나.
도사는 요대에서 연단을 굽고
산승은 석실에서 차를 달이네.
늙은 고목에선 매미가 울고
옥빛의 봄 시내엔 꽃잎 떠가네.
일만 이천 봉이 다투어 광경 연출하니
서쪽 봉우리에 해 진 줄도 몰랐어라.

踏盡靑山百里霞 琳宮瀟洒布金沙 瑤臺方士燒丹液 石室眞僧煮茗茶

琪樹古壇啼蜩翠 玉溪春水泛桃花 群峯萬二爭輸案 忘却西岑日已斜

출전: 「한계집」

해설   표훈사는 강원도 금강산 만폭동에 있는 신라 시대 고찰이다.

성총 性聰, 1631~1700

유거 幽居

시냇가에선 햇차 달이고
잠 깬 뒤엔 진한 차 달이노라.
선승의 마음은 맑기가 물과 같으니
항하사* 같은 불경을 욀 것 없어라

嬾煮澗邊荻 濃煎睡後茶 禪心淸似水 不必誦恒沙

출전: 『백암집』栢庵集 권상

해설   전체 2수 중 두 번째 시이다. 시냇가에서 차를 마시고 한잠 자고 일어나서 다시 진한 차를 끓인다고 했다. 선승의 마음은 차처럼 맑아서 굳이 수많은 불경을 외울 필요가 없다는 말이다.

• **항하사**恒河沙   항하(갠지스 강)의 모래라는 뜻으로, 셀 수 없이 많음을 의미하는 불교 용어이다.

성총 性聰, 1631~1700

차운하여 次韻

가사 차려입고 방석 위에 가부좌 틀었더니
우연히 팔차수*의 시객이 들렀네.
청정한 산사 부엌엔 별미가 없고
오직 활수를 떠서 햇차를 달이네.

團蒲趺坐具袈裟 偶有騷仙手八叉 淸寂溪厨無別味 唯將活水煮新茶

출전: 「백암집」 권상

해설　단정히 가사를 차려입고 선정에 들었는데, 우연히 솜씨 뛰어난 시객이 찾아
와서 햇차 달여 대접한다는 내용이다.

• 팔차수八叉手　손을 여덟 번 깍지 낀다는 뜻으로, 뛰어난 시인을 뜻하는 말이다. 당나라
의 시인 온정균溫庭筠이 시를 짓는 데 매우 민첩하여 보통 손을 여덟 번 깍지 끼는 사이에
팔운八韻의 시를 이루었다는 데서 왔다. 이 때문에 당시에 '온팔차'溫八叉라고 호칭하기
까지 했다고 한다.

성총 性聰, 1631~1700

봄을 보내며 送春

앵무새 버들에서 울고 제비는 연못 차는 봄
한 사발 맑은 차에 몇 수의 시 짓노라.
길손은 오지 않고 봄만 가는데
주렴 가득 비바람에 다미*꽃 떨어지네.

流鶯間嘶燕差池 一盌淸茶數首詩 外客不來春自去 滿簾風雨落荼蘼

출전: 『백암집』 권상

해설　앵무새 울고 제비 나는 봄날, 차를 마시며 다미꽃 떨어지는 정경을 읊었다.

• 다미荼蘼　꽃 이름, 일명 도미茶蘼. 향기가 매우 강렬하며, 음력 2~3월 사이에 핀다.
우리나라에서는 '옥매'玉梅라고 부른다.

성총 性聰, 1631~1700

은자의 노래 幽居雜咏

푸른 나무 푸른 숲, 우거지고 우거져
골짝의 꾀꼬리 종일토록 노래하네.
사미승이 개울물 길어 햇차를 달이니
한 가닥 가는 연기가 대숲에서 일어나네.

綠樹青林深復深 谷鶯終日送淸音 沙彌汲澗煮新茗 一縷細烟生竹森

출전: 『백암집』 권상

해설　꾀꼬리 노래하는 숲속 산사의 대밭에서 차를 끓이는 정경을 묘사했다.

성총 性聰, 1631~1700

황령의 난야*에 적다 題黃嶺蘭若

옛 절에 찾아오는 이 없어
빈산엔 낮까지 문 잠겼네.
차가 끓자 봄비가 속살거리고
땅거미 내리자 산새들 돌아가네.
솔숲 사이로 한 줄기 오솔길
책상 앞엔 천만 봉우리
뜰 앞에 푸른 잣나무가
참으로 조사의 얼굴*이로구나!

古寺無人到 空山晝掩關 茗煎春雨細 林暝宿禽還

一逕松杉下 千峯几度間 庭前翠栢樹 眞介祖師顏

출전: 「백암집」 권상

해설   봄비 내리는 한적한 사찰에서 차를 마시며 '달마가 서쪽에서 온 뜻'을 묻던 조주의 고사를 떠올리고 있다.

• **난야蘭若**   '아란야阿蘭若(araṇya)의 준말. 고요한 곳이란 뜻으로, 사원寺院 즉 절을 뜻한다.
• **조사祖師의 얼굴**   중국 하북성 조주趙州의 관음원觀音院에 주석하면서 '조주고불' 趙州古佛이라는 명호를 얻은 당나라 때 선승 종심從諗의 고사를 인용한 표현이다. 한 승려가 종심에게 "달마가 서쪽에서 온 뜻(祖師西來意)이 무엇입니까" 하고 묻자, "뜰 앞에 있는 잣나무"(庭前栢樹子)라고 대답한 유명한 일화가 있다.

도안 道安, 1638~1715

은자의 노래 幽居雜詠

찾는 이 없는 한적한 산사
물끄러미 층층의 산봉우리 대한다.
솔과 대나무 서로 친하고
산과 물은 지음知音이 되네.
시가 없으니 누가 화답하리
우러나지 않은 차를 혼자 마신다.
저무는 해를 앉아 바라보노니
새들은 쌍쌍이 숲으로 든다.

홀로 한 영대에 앉았나니
삼신산의 약을 캐지 않는다.*
명명明明은 본래의 해탈이요
적적寂寂은 아련야*로다.

• **홀로 ~ 않는다** 영대靈臺는 사람의 마음을 뜻한다. 본성을 수양하니 신선의 약초는 굳
이 필요 없다는 뜻이다.

• **아련야阿練若** 아란야阿蘭若. 범어 araṇya의 음역. 마을에서 떨어져 수행자들이 머물기

근체의 시를 우연히 읊고
마음 씻느라 차를 마신다.
섣달 다 가고 한 해 저무니
봄 오면 꽃이 흐드러지겠지.

幽居少經過 黙黙對層岑 松竹色相好 山水我洋琴

沒韻詩誰和 不濕茶自斟 坐看天日暮 雙雙鳥投林

獨坐一靈臺 不採三山藥 明明本解脫 寂寂阿練若

近體詩偶吟 洗心茶自酌 臘盡歲將除 春來花灼灼

출전: 「월저당대사집」月渚堂大師集 상권

해설   「소동파가 뇌주에서 지은 8수」(次東坡雷州八韻)의 시에 차운한 것으로, 그중
세 번째와 다섯 번째 시이다.

에 적합한 곳을 뜻하는 말로, 여기서는 절을 의미한다. 바로 앞의 작품 '난야' 주석 참조.

도안 道安, 1638~1715

다시 8수를 차운하여 又次八韻

그대는 보지 못했는가?

동해의 봉래산 일만 이천 봉우리를.

눈과 달은 옥빛 시내에 쏟아지고

솔바람은 거문고 소리 연주하네.

배가 고프면 산나물 뜯어 먹고

목이 마르면 산의 차를 마신다.

우두커니 아무 일 않고 앉았노라니

봄이 돌아와 꽃이 숲에 가득하네.

又不見 東海蓮蓬萊山 一萬二千岑

雪月瀉玉溪 風松奏瑤琴

草食飢來餐 山茶渴卽斟

兀然無事坐 春迴花滿林

출전: 「월저당대사집」 상권

해설 앞의 시에 이어 다시 「소동파가 뇌주에서 지은 8수」에 차운한 것으로, 그중
세 번째 시이다.

묘경의 시에 차운하여 次妙瓊

영원에서 이별하니 해가 저물어
외진 골짝 고요한 암자에 홀로 있노라.
단풍에 저녁 바람 불어 짧은 갈옷 입고*
청산에 보슬비 내려 성근 발을 걷는다.
웅대한 도심은 가난에 꺾이지 않거니와
적막한 신세는 병까지 덧났구나.
이곳에서 마음 맞는 누군가와
함께 차를 마셔도 또한 좋으리.

靈源一別日將淹 僻洞幽菴我獨潛 紅樹晩風披短褐 靑山微雨卷疎簾
牢落道心貧不屈 寂寥身世病相兼 誰人到此同襟席 共點茗茶也未嫌

출전: 『풍계집』楓溪集 상권

• **단풍에 ~ 입고**   산승의 단출한 살림이라, 쌀쌀한 가을에도 철 지난 갈옷을 입는다는 의
미이다.

해설   이 시는 본래 백호白湖 임제林悌의 「박 사상께 드리다」(呈朴使相)의 운을 따라서 지은 것이다. 묘경妙瓊 스님이 그 시에 차운하여 시를 짓자, 명찰이 거기에 또 차운한 듯하다.

명찰 明詧, 1640~1708

남대 南臺

남대의 산사에서 홀로 자며

별을 보니 아직 한밤 되지 않았네.

높은 등잔에 등불이 빛나고

열린 문으로 달빛이 들어오네.

숲은 울창해 다람쥐가 밤을 훔치고

방은 텅 비어 산새가 침상을 쪼네.

속된 마음 고요히 하는 데엔

그저 차 한잔 끓이는 게 그만이지.

獨宿南臺寺 看星夜未央 繁高燈發影 戶豁月穿光

林密鼯偸栗 房空鳥啄床 塵心聊自寂 唯有煎茶鐺

출전: 「풍계집」 중권

해설　명찰은 명산을 두루 돌아다니며 지은 시를 모은 『유완록』遊玩錄 을 남겼는데,
이 시는 그 첫 편인 '관동록'關東錄에 수록된 것이다. 남대南臺는 오대산의 다섯 군데
대臺(사방을 바라볼 수 있는 높직하고 평평한 언덕) 중 하나로 짐작된다. 참고로 동대東
臺·서대西臺·남대·북대北臺·중대中臺에는 각각 관음암·수정암·지장암·미륵암·사
자암 등 월정사의 부속 암자가 있다.

추붕 秋鵬, 1651~1706

혜량에게 주다 贈惠亮

수행의 한 길을 몇 년이나 걸어왔나?
현기玄機를 단련한 뒤에 도가 생긴다.
산 아래 세상사는 까맣게 잊고서
누워서 한가로이 돌샘 소리 듣는다.
꽃길 걸어 돌아가노라니 봄 안개에 옷이 젖고
계수나무 태워 차 달이노라니 저녁연기 맑구나.
학이며 사슴들과 굳은 맹약 했으니
하필 고관대작의 비단옷만이 영광이랴!

金繩一路幾年行 點石玄機後道生 山外不知人世變 枕邊閑聽石泉鳴

踏花歸徑春雲濕 然桂烹茶暮靄淸 林鶴野麋盟旣厚 朱門何必繡衣榮

출전: 『설암잡저』雪巖雜著 권1

해설　수행자의 산속 삶을 읊고, 더욱 정진할 것을 다짐해 보이고 있다.

추붕 秋鵬, 1651~1706

희안에게 주다 贈希顔

맑고 높은 시율은 교연*을 만난 듯
생동하는 선기*는 속진을 벗어났네.
상재*가 가는 길은 언제 끝날까
양거*를 버린 것은 어린 시절부터였네.
저물녘엔 단풍 숲에서 차를 달이고
새벽녘엔 개울가에서 바리때 씻네.
깊은 산속 소나무와 바위 옆에서
노을 속으로 내려앉는 산새를 보네.

詩律清高接皎然 禪機活脫出塵緣 道窮象載知何日 乘擺羊車自妙年

薄暮煮茶紅樹裏 清晨洗鉢玉溪邊 亂峯深處松巖畔 坐看仙禽下紫烟

해설　전체 4수 중 두 번째 시이다. 희안希顔의 문재文才와 선기를 칭찬하고 산승
의 일상과 산사의 정경을 읊었다.

• **교연皎然**　중국 당나라 때의 승려. 남북조시대 시인 사령운謝靈運의 10세손으로 시문
詩文에 뛰어났다.
• **선기禪機**　선종의 조사祖師들이 속기를 뽑아내고 깨달음을 유도하기 위해 취하는 파격
적인 언행, 갑자기 고함을 지르는 할喝, 몽둥이로 때리는 방棒 같은 것이 대표적인 예이다.
• **상재象載**　코끼리 모양의 수레로 불법을 상징한다.
• **양거羊車**　양이 끄는 수레로 세상의 명리를 상징한다.

추붕 秋鵬, 1651~1706

취 율사의 운에 따라 次翠律師韻

생애가 하나의 적요한 세계이니
꽃마을 술집 가에서 꿈이 깨었네.
한가로이 화로에 계수나무 잎을 태워
경뢰소* 달이며 남은 날을 보내리라.

生涯入作一寥天 夢冷花村酒肆邊 閒把丹爐燒桂葉 煮驚雷笑護殘年

출전: 『설암잡저』 권1

해설   전체 11수 중 아홉 번째 시이다.

• **경뢰소**驚雷笑   봄철 첫 우레 소리를 듣고 돋아난 차를 뜻하는 말로, 일명 뇌소차라고 한다. 중국 당나라 때 각림사의 지숭志崇이 만들었다고 하는데, 경뢰소는 자기가 마시고 훤초대萱草帶는 부처님께 바치고, 자용향紫茸香으로 손님을 대접했다고 한다.

차운하여 대방 사미에게 주다 次贈大方沙彌

가을물 같은 흉금에 난초 같은 천성
인간 세상의 그물에서 시원히 벗어났네.
면벽참선에선 응당 깨달은 것 있을 테니
염화*와 격죽*을 쟁론할 것 있으랴!
창 앞의 흰 코끼리는 기봉*이 식었고
소매 속의 푸른 뱀은 담력이 식었구나.*
고맙게도 향악사香岳寺를 찾아 주셨으니
함께 차 솥에다 용단차나 달이세.

襟期秋水質如蘭 笑脫人寰世網揮 觀壁住心應有得 拈花擊竹可爭端

窓前白象狂機息 袖裏靑虵膽氣寒 珍重委尋香岳寺 共携茶鼎點龍丹

출전: 『설암잡저』 권3

- **염화拈花**　석가모니가 영산회상靈山會上에서 "연꽃을 따서 대중에게 보였을 때"(拈花
示衆), 모두 침묵을 지키는 가운데 오직 "가섭迦葉만이 미소를 지었다"(拈花微笑)고 한다.
- **격죽擊竹**　중국 당나라 때 향엄 선사香嚴禪師가 산중에서 잡초를 베다가 기와조각을 던
져 대나무를 맞춘 소리를 듣고 갑자기 도를 깨쳤다고 한다.
- **기봉機鋒**　기機는 쇠뇌의 어금니로 시위에 거는 것이고 봉鋒은 화살촉이니, 한번 당기
기만 하면 붙잡을 수 없는 형세를 말한다. 선어禪語의 계발이 신속함을 비유한 불교 용어
이다.
- **창 앞의 ~ 식었구나**　흰 코끼리는 석가모니가 태어날 때 그 어머니의 꿈에 나타났던 동
물로 깨달은 자(覺者)를 상징한다. 푸른 뱀은 별비사鼈鼻蛇 즉 코브라인데, 깨달음의 계
기를 상징한다. 기봉과 담력이 식었다는 말은 자신의 법력이 줄었다는 뜻이다.

해설　　대방 사미의 수행을 격려한 것으로, 깨달음이란 결국 자신의 몫이니 설법 따위는 도움을 줄 수 없다는 뜻을 담았다. 그래서 마지막 구에서 조주의 고사를 인용하여 '차나 한잔 하자'고 한 것이다.

지안 志安, 1664~1729

유거 幽居

어찌하여 무심히 물 서쪽에 누웠는가?
다만 세상 잊고 외진 곳 사랑해서이지.
차 화로는 손님 위해 아궁이 깊게 만들고
약초밭은 사람 꺼려 계곡 건너에 일구었네.
날 개자 소나무에 빗소리 잦아들고
쌀쌀함은 산 이곳저곳에 가을 색 입히네.
산새들이 찾아와 나의 잠을 깨우니
산승이 꿈속에서 사바세계 헤맬까 두려워서라네.

底事無心臥水西 只緣忘世愛幽棲 茶爐爲客開深竈 藥圃諱人隔小溪
晴散雨聲松老少 冷磨秋色岳高低 林禽亦有來警睡 猶恐山僧夢紫泥

출전: 『환성시집』喚惺詩集

해설　전체 2수 중 첫 번째 시이다. 아궁이 깊은 차 화로와 인적 드문 곳에 일군 약
초밭은 그윽한 거처를 말한다. 행여나 꿈에서라도 속세를 헤맬까 두려워하노라고 하
였다.

미륵암 彌勒庵

자리에 누웠으나 잠은 달아나고
창문 가득 산의 달이 훤하게 떴네.
맑은 새벽 햇차를 달이노라니
푸른 연기 한 줄기 비껴 오르네.
상쾌히 인간 세상 같지 않으니
기운이 호방하여 날아갈 듯하네.
이제부터 하산하지 않고
평생토록 이 즐거움 누리리라.

就臥不成眠 滿窓山月白 淸曉煮新茶 靑烟橫一抹

快然非人世 氣豪如飛越 誓今不下山 百年長自悅

출전: 『무경집』無竟集 권1

해설　원래 16구의 5언 고시인데, 후반부를 수록한 것이다.

자수 子秀, 1664~1737

오언 봉요체*를 써서 벗에게 주다 五言蜂腰體 贈故人

찾는 이 없는 산길이라
늦도록 사립문 닫혀 있지.
갑자기 동자승 달려와
손님 왔노라 일러주네.
단출한 차림 그 모습이 반가워
햇차를 달여 한 사발 마시네.
잠깐 앉았다가 이내 일어나니
이별의 서운함은 더욱 길구나.

石逕無人廻 柴扉晚不開 忽聞童子報 有客入門來

舊貌愛單裌 新茶傾一杯 乍留還卽去 別恨更悠哉

출전: 「무경집」 권1

해설　반가운 벗이 차 한 사발을 마시고 떠남에, 그 아쉬움을 시로 써서 준 것이다.

• **봉요체蜂腰體**　율시에서는 함련頷聯(3·4구)과 경련頸聯(5·6구)에서 대구를 이루는 것이 원칙이다. 그런데 예외적으로 수련首聯(1·2구)과 함련에서 대구를 이루는 것을 '투춘체'偸春體라 하고, 수련과 함련이 내용적으로 연결되고 경련에서 대구를 이루는 것을 봉요체라고 한다.

자수 子秀, 1664~1737

두타*승 도규에게 贈道圭頭陀

막대 짚고 구름 헤쳐 산사로 가시더니
암자에서 차 달이는 푸른 연기 오른다.
객은 속념 없고 산승은 말이 없어
반나절 덧없는 생이 기심*을 끊었네.

一杖穿雲入翠微 庵中茶罷細烟飛 客無塵想僧無語 半日浮生解息機

출전: 『무경집』 권1

해설   지팡이 짚고 산사로 가서 그곳에서 차를 끓이는 도규道圭의 맑은 모습에 자신도 기심機心을 풀었노라 칭송한 글이다.

- **두타頭陀**   범어 dhuta의 음역으로, 의식주에 대한 집착을 버리고 심신을 수련하는 것을 말한다. 여기서는 수행승에 대한 존칭으로 쓰였다.
- **기심機心**   어떤 목적을 이루기 위해 교묘하게 조작하거나 꾀하는 마음을 말한다. 『장자』「천지」天地 편에서, 도르래를 이용해서 물을 쉽게 퍼 올리는 방법을 설명하는 자공子貢에게 농부가 "기계機械가 있으면 반드시 기사機事가 있게 마련이요, 기사가 있으면 반드시 기심機心이 생기게 마련이다"라고 한 대목이 나온다.

약탄 若坦, 1668~1754

옥천玉泉 장실*께서 보내온 시에 차운하다
次玉泉丈室來韻

누가 묘한 솜씨로 애절한 가락 퉁기나?

이 시를 보니 그리움 더욱 누르기 어렵네.

어느 때나 다시금 한자리에 만나

쭈그리고 앉아 고구사* 달여 마실까?

誰將妙指動悲絲 對此難堪意益思 何時更得連床會 折脚同烹苦口師

출전: 『영해대사시집초』影海大師詩集抄

- **장실丈室**　방장方丈 스님을 말한다. '방장'이란 본래 유마거사가 거처하던 방이 사방 1장丈이었던 데서 유래한 말로, 주지승이나 고승에 대한 존칭으로 쓰인다.
- **고구사苦口師**　'입에 쓴 대사'라는 말로 곧 '차'를 가리킨다. 도곡陶穀의 『청이록』清異錄 에 이런 이야기가 실려 있다. 피광업皮光業은 차를 매우 즐긴 사람이다. 하루는 중외의 인 사들에게 새로운 차를 맛보라고 청하여 자리에 성대하게 차려 놓았다. 고관대작들이 모두 모여 술동이는 돌아보지도 않고 몹시 급하게 차를 청하기에 크게 한 사발을 올리며 다음과 같이 시를 지었다. "마음에 달가운 것을 마시기도 전에 입에 쓴 찻물을 먼저 맞노라."(未見 甘心氏 先迎苦口師) 그러자 사람들이 크게 웃으며 "이 찻물은 정말 청고하기는 하지만 허 기를 면하기는 어렵다" 하였다.

해설 옥천 방장의 시를 받고서 그를 그리며 차 한잔 나눌 수 있기를 고대한 내용이다. '옥천'玉泉은 전라남도 해남을 지칭한 것으로 짐작된다.

문화 아객 윤중회의 시에 차운하여

次文化衙客尹仲晦韻

그 모습 고운데다 청정하여

물속의 연꽃인 듯, 눈 속의 소나무인 듯.

문원의 먹은 맑은 안개 서린 달에 갈고

산사의 차는 흰 구름 어린 범종에다 긷네.*

화표주*엔 오늘도 천년 학이 앉았고

저녁 하늘엔 어슴푸레 오색 용이 서렸네.

이별 후에 그리워 고개 돌려 바라보니

문 앞에는 오직 어지러운 산줄기뿐.

• **문원文苑의 ~ 긷네** 문원은 아객 윤중회를, 산사는 법종 자신을 의미한다. 또 '안개 서린 달'은 달 모양의 벼루를, 흰 구름 어린 범종은 범종 모양의 찻잔을 의미한다.

• **화표주華表柱** 길거리에 세운 표목表木. 중국 한漢나라 요동遼東 사람 정영위丁令威가 고향을 떠난 지 천년 만에 학鶴으로 변해 요동성 화표주 위에 앉았다가 날아갔다는 전설을 인용한 것이다.

丰姿非獨淨如溶 水裏青蓮雪裏松 文苑墨霑淸露月 仙廚茶汲白雲鍾

依然華表千年鶴 怳若冥天五彩龍 別後相思回首望 門前惟有亂山峯

출전: 『허정집』虛靜集 권상

해설 　전체 2수 중 두 번째 시이다. 중회仲晦가 누구인지는 미상이나 그가 문화文化 현감으로 있는 친구의 관아를 방문했고, 두 사람이 함께 법종이 거처하던 산사를 찾아와 시를 주고받은 것으로 보인다. 아객은 조선 시대에, 지방 수령을 찾아와 관아에 묵던 손님을 이른다.

나식 懶湜, 1684~1765

폭포 瀑流

만 길 벼랑 끝, 한 줄기 옥천玉泉
시원한 폭포 소리 문으로 들어오네.
억지로 일어나 사발에 차를 달여 마시고
산인山人의 오랜 병을 시원히 풀어 버렸네.

萬丈崖頭玉一泉 潺湲寒聲入戶圓 强將小鉢烹茶飮 快解山人老病纏

출전: 「송계대선사문집」松桂大禪師文集 권1

해설　차를 마시는 것으로 몸에 든 병을 풀어 버렸다고 했다. 참고로 「송계사유권서」松桂師遺卷序를 보면, 나식은 향년 82세에 기산岐山에서 입적했는데 "차를 마시고 게송 한 수를 읊조리고"(臨行啜茶作偈) 운명했다고 한다.

새봉 聖篈, 1687~1767

청암 혜연 대사께 주다 贈青巖慧衍大師

갑술년 봄엔 『화엄경』 읽자 하시더니
청암 스님 법회 돕느라 사무가 번다하네.
편지에 답장 못해 시름이 다하지 않더니
다행히 직접 만나니 즐거움 끝이 없어라.
쌍계에 물 가득하니 선차仙茶가 넉넉하고
칠불암에 바람 부니 손의 흥이 더하네.
멀리 낙동강으로 돌아가신다니
이별에 앞서 묻지 마오, 마음이 어떠하냐고.

甲戌年春賞雜華 青巖助會事居多 未答情書愁不盡 幸逢眞面喜無涯
雙溪水滿仙茶足 七佛風來客興加 遙向洛東江上去 臨分休問意如何

출전: 『상월대사시집』霜月大師詩集

해설　갑술년(1754)에 함께 『화엄경』을 읽자는 청암의 편지를 받고, 사무에 바빠
답장을 못하다가 하동 쌍계사에서 만나 선차를 마시며 지은 시이다.

해원 海源, 1691~1770

해인 스님에게 寄海印師

마루엔 각처에서 온 벗들 가득하니
천릿길 건너와 여기 모였다.
우리 모두 나그네라 위로할 건 없고
그저 찻사발만 자주 권할 뿐.

滿堂高友盡東南 千里間關此處參 俱是客中無所慰 只將茶椀勸君三

출전: 『천경집』天鏡集 권상

해설   각처의 스님들이 한곳에 모여 함께 차를 마시는 광경을 묘사했다.

해원 海源, 1691~1770

백양산* 白羊山

외진 데다 스님들은 모두 선정에 들어
손님을 마중 나온 이 하나 없네.
가을 서리에 단풍 들면 붉은 비단 깔리고
겨울 눈에 봉우리 덮이면 백옥이 층층일세.
한 줄기 차 연기가 대숲에 서려 차갑고
숲 위로 뜬 반달이 개울에 비쳐 맑구나.
청정세계 거닐며 속세를 잊었으니
굳이 천태산*의 돌길 오를 것 없어라.

地僻人皆入定僧 出門迎客似無能 秋霜染樹紅羅鋪 冬雪封山白玉增

一抹茶烟和竹冷 半輪蘿月落溪澄 逍遙淨界忘塵世 不必天台踏棧登

출전: 『천경집』 권상

해설　단풍 든 가을과 눈 내린 겨울의 풍경을 오버랩시키면서, 백양산의 청정한 경계를 천태산에 빗대었다.

• **백양산白羊山**　전라남도 장성군 북하면과 전라북도 순창군 복흥면에 걸쳐 있는 산.
• **천태산天台山**　중국 절강성浙江省 천태현天台縣에 있는 산. 신선이 사는 곳이며 천태종의 발원지로 알려져 있어, 도교와 불교의 영산靈山으로 추앙받는 곳이다.

해원 海源, 1691~1770

풍악에 대한 만시 挽楓嶽

세상에선 남북에 오직 풍악이 있다더니*
오늘 아침 부음 받을 줄을 어찌 알았으랴!
인간 세상 일흔 살며 늘 공부만 하더니
삼천세계 너머로 홀연 구름 타고 가셨네.
선배들의 도경道鏡을 따라 선굴禪窟을 밝혔고
후배들의 현기玄機를 인도해 교단을 넓혔지.
적막한 재단에 모습 이제 뵈지 않으니
맑은 차 한 사발일랑 뉘와 함께 마실꼬?

世言南北惟楓嶽 豈意今朝訃告聞 七十人間常勉講 三千界外忽乘雲

從前道鏡明禪窟 導後玄機闢教門 寂寞齋壇無形迹 清茶一椀與誰分

출전: 「천경집」 권상

해설 풍악楓嶽이 누구인지 정확히 알 수는 없으나, 보인普印(1701~1769)의 호가
아닐까 여겨진다. 만약 그렇다면 이 시는 1769년에 지은 것으로, 3구에서 '공부만 하
더니'라고 한 것은 염불과 참선에만 몰두하던 보인의 평소 행적을 칭송한 것이다.

• **남북에 오직 풍악이 있다더니** 북쪽 땅 풍악산(금강산)이 유명하듯이, 남쪽에는 풍악 대사
의 명성이 있다는 의미이다.

설송 장로의 시에 차운해 돈수 대사에게 보내다

次雪松長老韻 送頓修大師

산사에서 차를 달여 그대 전송하노니

내일 동틀 무렵이면 장맛비도 개이리라.

남북으로 헤어지면 무한히 그리울 터

소쩍새 울음 속에 이별의 정 애달프다.

山廚烹茗餞君行 朝日初昇宿雨晴 渭北江東無限意 子規聲裏此離情

출전: 『야운대선사문집』野雲大禪師文集 권1

해설　세 번째 구 원문의 '위북강동'渭北江東은 두보의 「봄날 이백을 그리며」(春日 憶李白)에서 "위수 북쪽엔 봄 하늘에 우뚝 선 나무, 강 동쪽엔 저문 날 구름"(渭北春天 樹 江東日暮雲)이라는 구절을 원용한 표현이다.

의민 毅旻, 1710~1792

판서 권엄이 내연산을 유람하며 지은 시에 삼가 차운하다 謹次權判書儼遊內延山韻

산승의 행장은 인연 따라 머물러
10년을 이 산에서 기거했네.
아침 해는 몇 잔 차에 퍼지고
구름은 세 칸 암자에 걸려 있네.
취령*에서 돌아갈 길 잃고
용문*에서 한번 뵙기를 원했네.
단출한 행장으로 찾아뵐 날 기다리지만
공무에 여가가 없을 듯합니다.

- **취령鷲嶺**　영취산靈鷲山 혹은 영산靈山. 통도사가 있는 경상남도 양산의 영취산이 아닐까 짐작되지만 자세한 것은 미상이다.
- **용문龍門**　용문사가 있는 경기도 양평의 용문산이 아닐까 짐작되지만 자세한 것은 미상이다.

瓶鉢隨緣住 十年於此山 朝晡茶數椀 雲樹屋三間

鷲嶺迷歸路 龍門願一攀 短筇趨候日 薄牒恐無閑

출전: 『오암집』鰲巖集

해설　　의민은 경북 포항의 내연산 보경사寶鏡寺에서 출가하고 만년을 보낸 스님이
다. 위의 시는 아마도 권엄이 내연산을 유람할 때 함께 동행하여 지은 것인 듯하다.
권엄은 조선 후기의 문신으로 자가 섭서葉西이다.

최눌 最訥, 1717~1790

제야에 除夜

해가 바뀌는 산사에 도의道誼가 새로우니
맑은 차를 함께 마시며 내 몸을 기르노라.
가난 속에 안빈낙도의 참 즐거움 바꾸지 않으니
부귀가의 호사를 부러워할 필요 있으랴.

換歲雲林道誼新 清茶共飮養吾身 寒貧不改安眞樂 肯向朱門願效嚬

출전: 『묵암집』默庵集 권초卷初

해설 전체 4수 중 네 번째 시이다. 제야에 새로운 마음으로 차를 마시며 안빈낙도의 뜻을 바꾸지 않을 것임을 다짐했다.

최눌 最吶, 1717~1790

무자년 3월 초닷새날 밤의 꿈 戊子三月初五夜夢

꿈에 푸른 나귀 타고 천태산*에 올랐는데
먼저 선차仙茶 마시자 마음 시원하였네.
방장님 희끗한 눈썹엔 높은 덕이 깃들었고
오백 명 제자들은 모두 영걸들이었네.

夢跨靑驢上天台 先飮仙茶意豁開 主者厖眉存碩德 其徒五百摠英材

출전: 「묵암집」 권초

해설　　무자년은 최눌의 나이 52세 되던 1768년이다.

• **천태산天台山**　　앞에 나온 해원의 시 「백양산」 주석 참조(이 책 154쪽).

최눌 最吶, 1717~1790

징광사의 운을 따서 次澄光寺韻

가람은 그윽하고 한가하며
산줄기는 굽이굽이 펼쳐졌다.
못은 맑아 흰 달이 잠겼고
산은 푸르러 먼지 말끔히 씻겼다.
국화를 읊조림에 뺨에서 향기 나고
차를 기울임에 찻잔 가득 눈이 내리네.
법문이 어디서 이르렀는가?
흰 말에 경전 싣고 돌아왔네.*

奈苑幽閑靜 岡巒體勢開 潭澄涵皎月 山淨洗浮埃

咏菊香生頰 傾茶雪滿盃 法門何處至 白馬馱經來

출전: 「묵암집」 권초

해설　징광사澄光寺는 전남 보성군 벌교읍에 있던 절로, 최눌이 14세 때 출가한 곳이다. '찻잔에 눈이 내린다'고 한 것을 보면, 당시 마시고 있던 차가 말차였음을 알 수 있다.

• **흰 말에 ~ 돌아왔네**　인도에서 불교가 전래된 것을 말한다. 중국 후한 때(67), 인도의 승려 가섭마등迦葉摩騰·축법란쓰法蘭 등이 불상과 경전을 흰 말에 싣고 낙양洛陽으로 와서 불교를 전했다. 이때 세워진 절이 바로 중국 최초의 절인 백마사白馬寺이다.

팔관 捌關, ?~1782

보덕굴 普德窟

천고의 보덕굴
오월에야 꽃이 피네.
거처하는 스님 서너 분
나를 위해 차를 달이네.

普德千年窟 春開五月花 居僧三四五 爲我煮茗茶

출전: 『진허집』振虛集 권1

해설　보덕굴은 금강산 만폭동 골짜기에 자리 잡은 고구려 시대 암자로, '보덕암'이
라고도 한다.

취여 取如, 1720~1789

보림사 寶林寺

배로 큰 나루 건너
삼화三和에 보림사 있네.
문은 바다를 멀리 굽어보고
산승은 산줄기 깊다 말하네.
주미塵尾* 휘두르며 선법을 말하고
차를 달여 나그네 위로하네.
헤어지기 아쉬워 보내지 못하누나
저녁 해가 솔숲으로 다 들어가도록.

舟渡大津去 三和有寶林 門臨滄海遠 僧語翠微深

揮塵談禪偈 烹茶慰客心 臨分猶惜別 斜日轉松陰

출전: 『괄허집』括虛集 권1

• 주미塵尾 고라니의 꼬리털을 매단 불자拂子로, 원래는 벌레를 쫓는데 사용하는 것이
나, 마음의 티끌과 번뇌를 털어 내는 상징적 의미의 불구佛具로 쓰였다.

해설 전남 장흥군 가지산에 있는 보림사가 유명하지만, 이 시의 보림사는 평안도 용강군 '삼화현'三和縣에 있던 절로 추정된다.

중봉의 「낙은사」에 화운하여 和中峯樂隱詞

수행 닦이고 공력 늘어
점점 도의 싹이 자라니,
날마다 하는 일은 채소 심고 꽃에 물 주는 것.
달은 벗이요
흰 구름은 집이니,
한 벌의 가사, 한 발우의 밥, 한 사발의 차로 그만일세.

외진 암자 낮은 울에
온갖 고운 꽃,
세 번 꺾이고 네 번 기울어진 무성한 대나무.
발 너머 구름 일고
시내에 달빛 비치니,
나물 한 소반, 밥 한 솥, 한 사발 차가 기쁘네.¹

行增功加 漸抽道芽 日用事種菜灌花

明月爲友 白雲爲家 足一衲衣一鉢飯一椀茶

幽庵短笆 瑤草琪花 一叢竹三曲四斜

簾生雲氣 溪印月華 喜盤有蔬鼎有餗瓶有茶

1 『전등록』에 "자복사資福寺에 세 번 꺾이고 네 번 기울어진 대나무가 있다" 하였다
  (傳燈云 資福寺有竹三曲四斜).

출전: 『연담대사임하록』蓮潭大師林下錄 권1

해설　전체 16수 중 여섯 번째와 열 번째 시이다. 중봉中峯은 중국 원나라 때 승려
명본明本이 아닐까 짐작된다. 「낙은사」樂隱詞는 숨어 사는 즐거움을 노래한 사詞의
하나이다.

석옥 화상의 시 「산중의 네 가지 몸가짐」*에 화운하여 和石屋和尙山中四威儀

산중에 거닐 땐
짚신 신은 걸음이 범처럼 날래네.[1]
바위의 꽃은 겁외劫外에 피고
개울의 새는 무생無生을 노래하네.

산중에 머무를 땐
원숭이 학과 벗하네.
물 길어 아침밥 지을 때면
인간 세상엔 해가 한낮일세.

산중에 좌선할 땐
일곱 개의 방석이 다 닳았네.
선정 마치고 주렴을 걷으니
허공이 모두 분쇄되었네.

산중에 누워 있을 땐
세상도 잊고 나도 잊노라.

• 네 가지 몸가짐(四威儀) 불가의 수행자가 갖추어야 하는 네 가지 몸가짐으로 행行, 주住, 좌坐, 와臥의 네 가지 자태가 법도에 들어맞는 것을 뜻한다.

손이 와 햇차 달이려

이웃 암자에 불씨 빌리네.

山中行 芒鞋似虎獰 岩花開劫外 溪鳥話無生

山中住 猿鳥以爲友 運水方朝炊 人間日卓午

山中坐 七箇蒲團破 出定捲簾看 虛空成粉碎

山中臥 忘世又忘我 客到煮新茶 隣庵去討火

1 「현서」賢棲* 시에 "짚신은 호랑이처럼 날래고, 지팡이는 용처럼 구불구불하네"라
  고 하였다(賢棲詩 草鞋獰似虎 柱杖活如龍).

출전: 「연담대사임하록」 권1

해설　석옥 화상石屋和尙은 중국 원대의 고승인 청공淸珙 선사(1272~1352)의 호
이다. 그의 시에 화운하여, 행行·주住·좌坐·와臥의 네 가지 거동에 맞추어 거닐고,
밥을 짓고, 좌선하고, 차를 달이는 정경을 읊은 것이다.

유일 有一, 1720~1799

사창 김사백 형제가 보내준 시에 차운하여
次社倉金詞伯昆季來韻

반평생 산골에 사니
나의 흥이 날마다 그윽해지네.
선정에 들어 하룻밤 보내니
인간 세상 오십 년 세월이라.[1]
매번 청산에 찾아갔다가
번번이 흰 구름에게 잡혔네.
덧없는 생은 자적함을 귀하게 치니
다른 일이야 구할 것 있으랴!
미천한 분수로 만족함을 아노니
발우 하나로도 오히려 과분하네.
봄 산은 작설을 토해 놓고
가을 숲에선 은행 거두지.
연하煙霞의 풍류 고질이 되었으니
아무리 독한 약도 고치지 못하리.

半世居山谷 我興日以幽

定中度一夜 人間五十秋

每訪青山去 多爲白雲留

浮生貴適意 餘事奚足求

微分能知足 一鉢猶是稠

春山雀舌吐 秋林鴨脚收

煙霞成痼疾 眩眩藥不瘳

1 『구사론』*에 "천상 세계의 하루는 인간 세상의 오십 년이다" 하였다. 쌍정차와 고저
차顧渚茶는 처음 싹이 돋아 참새 혀처럼 보이는 것을 창槍이라 하고, 막 펼쳐져서
잎이 된 것을 기旗라고 한다. 압각鴨脚은 은행銀杏이다. 황산곡의 시에 "가을엔 숲
에서 은행을 줍고, 봄에는 그물 던져 잉어를 올리네"라고 했다. 금고琴高는 잉어이
다(俱舍論云 天上一晝夜 人間五十年 雙井顧渚茶 初萌如雀舌者 謂之槍 初敷而
爲葉者 謂之旗 鴨脚 銀杏也 山谷詩 秋林收鴨脚 春網薦琴高 琴高者 鯉魚也).

출전: 『연담대사임하록』 권1

해설   전체 8수 중 일곱 번째 시로, 산속의 자적한 삶이 고질이 되어 어떤 유혹에도
고치지 못할 것임을 말했다.

• 『구사론』俱舍論   정식 이름은 『아비달마구사론』阿毘達磨俱舍論이다. 소승불교 교리의
대성서인 『대비바사론』大毘婆沙論의 강요서網要書로, 인도 세친보살世親菩薩의 저작이
며, 당唐나라 현장玄奘이 번역했다. 30권.

의첨 義沾, 1746~1796

서 주서*의 시에 차운하여 次徐注書韻

돌솥에 차가 막 끓을 때
가마 타고 객이 왔도다.
저녁이 되도록 고담준론 나누노라니
한 줄기 산비가 뜨락의 매화 적시네.

石鼎茶初熟 藍輿客又來 高談淸到夕 山雨打庭梅

출전: 『인암집』仁巖集 권1

해설   의첨은 문장과 학식으로 이름이 높아서 유생들에게 『주역』을 설강하거나 국가적인 불교 의식을 주관하기도 했다. 아마도 어떤 용무가 있어 서 주서徐注書를 만났고, 그 정경을 시로 읊은 것으로 보인다.

• **주서注書**   조선 시대 승정원의 정7품 관직으로, 특히 『승정원일기』의 기록을 담당했다.

정훈 正訓, 1751~1823

영화당 유인의 시축에서 차운하여
次永和堂惟仁軸中韻

십 년 동안 세상 잊고 암자에서 지냈더니
울 너머 산새와 청담을 나누게끔 되었네.
사발 가득 솔잎차 달이는 흰 눈썹의 노승이시여
도를 즐긴다는 맑은 명성 영남에 위대하네.

十載忘機不出菴 隔籬幽鳥做淸談 松茶滿椀尨眉老 樂道淸名大嶺南

출전: 『징월대사시집』澄月大師詩集 권1

해설　전체 3수 중 세 번째 시이다. 영남의 암자에서 솔잎차 달이며 도를 즐기는 유인惟仁의 모습을 상상하며 읊었다.

긍선 亘璇, 1767~1852

다게 茶偈

내 지금 청정수를
감로차로 만들었네.
제일 먼저 봉헌하노니
가련히 여겨 받아주소서.

我今淸淨水 變爲甘露茶 奉獻證明前 願垂哀納受

온갖 초목 가운데 새로운 그 맛
조주께선 늘 수천 사람에게 권하였지.
강심수 길어다 돌솥에 달이며
불자들이 고된 윤회에서 벗어나길 바라네.

百草林中一味新 趙州常勸幾千人 烹將石鼎江心水 唯願佛子歇苦輪

출전: 『작법귀감』作法龜鑑 권상

해설　『작법귀감』에는 불전에 차를 공양할 때 독송하는 다게茶偈가 여럿 나온다. 그 내용은 대체로 비슷한데, 여기서는 두 가지를 가려서 실었다. (보다 자세한 내용은 임혜봉,『한국의 불교 차시茶詩』, 민족사, 2005, 17~36쪽 참조.)

혜즙 惠楫, 1791~1858

백련 결사의 운을 따서 양 수재에게 주다

次蓮社韻 呈梁秀才

옛 가람의 문 앞에 놓인 돌다리를
짧은 지팡이 해진 납의衲衣 차림으로 거니네.
개울에 비 지나가자 새 물이 불어나고
돛배에 바람 불어 저녁 바다에 일렁이네.
부질없이 육우陸羽를 따라 차를 달이노니
누가 참료參寥처럼 솔가지 불을 지피랴!*
송화 죽 한 사발이 내 분수이거늘
무엇하러 아등바등 세월을 보내는가?

• 누가 ~ 지피랴　중국 송나라 때 소식이 황주 태수黃州太守로 있을 때 서불사西佛寺의 선승 참료參寥와 친하게 지냈다. 한번은 꿈속에 그와 만나 시를 주고받았는데, 깨고 나자 "한식과 청명 모두 지났으니, 우물과 회나무 불씨 일시에 새롭네"(寒食淸明都過了 石泉槐火一時新)라는 두 구절만 기억났다. 이후 7년 뒤에 소식이 항주 태수를 지낼 때 참료가 지과사智果寺에 머물렀는데, 그곳으로 소식이 찾아왔다. 날은 청명 다음날인데, 절 옆에 돌 틈으로 샘물이 솟고 있어 옛날 꿈속에서의 일과 꼭 맞아떨어졌다. 이에 소식이 "불씨는 청명절이 되면 새로 바꾸는 법이지만, 우물은 왜 새로워졌다고 했는가?" 하고 묻자, 참료가 이 절엔 청명절이 되면 우물을 쳐내는 풍속이 있어 그렇다고 대답했다고 한다.

古寺門前石作橋 短節破衲任逍遙 雨過古澗添新水 風送孤帆泛晚潮

漫補茶經追陸羽 誰將松拂學參寥 松糜一鉢知吾分 何苦駸駸送莫朝

출전: 『철선소초』鐵船小艸

해설　백련 결사는 본래 중국의 고승 혜원慧遠이 여산에서 맺은 백련사白蓮社를 말한다. 혜즙 역시 이와 유사한 모임을 만들고 함께 시를 주고받은 것이 아닐까 짐작된다.

혜즙 惠楫, 1791~1858

또 초의 화상에게 드리다 又贈艸衣和尙

어깨에 가사 걸치고 풀밭에 앉아

때로 이름 모를 산새*를 보노라.

냄비에 차 달여 손님 대접하고

연못에 달을 담아 선심禪心을 깨닫네.

혼령은 삼생三生의 돌*이 증명하고

시구는 백 번 단련한 쇠와 같네.

반년쯤 한가하여 함께 해를 보낸다면

등잔 앞에 가부좌 틀고 동림*을 배우리라.

一肩壞色坐芳林 時見張華註外禽 溫銚焦茶供客飮 鑿池貯月印禪心

精魂猶證三生石 佳句終成百鍊金 倘許半閒同歲晚 燈前趺坐學東林

출전: 『철선소초』

• **이름 모를 산새**　원문의 장화張華는 중국 진晉나라 때의 박물학자이다. 그는 온갖 사물에 주석을 단 『박물지』博物志를 저술했는데, 거기에 나오지 않는 새라고 했으므로 '이름 모를 산새'라고 한 것이다.

• **삼생三生의 돌**　전생, 금생, 내생의 윤회를 증명해 주는 바위이다. 중국 당나라 원관圓觀 선사가 이원李源에게 자신의 환생을 예언했는데, 이원이 원관의 예언대로 갈홍천葛洪川을 찾아가자, 어떤 동자가 '삼생석 위의 옛 혼령이구나!'(三生石上舊情魂)라고 노래를 하고 가기에, 그 동자가 바로 원관이 환생한 인물임을 알았다고 한다.

• **동림東林**　중국 동진東晉 때 고승 혜원慧遠이 여산廬山에 동림사를 세우고 백련사白蓮社를 맺은 일을 말한다.

해설 철선은 초의 선사보다 5살 연하인데, 8년 먼저 입적했다.

선영 善影, 1792~1880

유 아무개, 이 아무개 등 여러 선비의 시에 차운하다 次柳李諸儒韻

여름에 만나 가을에 이별하니
산방의 만사가 일마다 유유하네.
난간 밖에 흐르는 물소리를 고요히 듣고
잿마루의 흰 구름을 한가로이 바라보네.
차 마시고 난 높은 누각엔 종소리도 끊기고
시구 지어진 옛 절엔 달빛이 함께하네.
내일 아침 어이 차마 이별하여
남으로 북으로 제각각 떠나갈까!

逢在夏時別在秋 山房事事悉能幽 靜聽流水鳴欄外 閑看宿雲鎖嶺頭

茶罷高樓鍾亦歇 詩成古寺月同留 明朝何耐相分手 楚水雲山各自由

출전: 『역산집』檪山集 권상

해설 '여름에 만나 가을에 이별'한다고 한 것으로 보아, 아마도 하안거夏安居를 마치고 헤어지며 지은 것이 아닐까 여겨진다.

이 대아를 이별하며 奉別李大雅

개울물로 차 달여 혼자 마시노라니
아득한 옛 추억이 가만히 생각나네.
외로운 산새가 어찌 애달프게 우는지
미어지는 이별의 마음 알아주는 듯.

汲澗燃茶獨把杯 悠然幽想暗然回 孤禽林下啼何歎 似解吾人惜別懷

출전: 「함홍당집」涵弘堂集 권1

해설　전체 3수 중 세 번째 시이다. 함께 차를 마시고 이별하는 것이 일반적이지만, 여
기서는 홀로 차를 마시며 산새 소리 들리는 정황을 묘사하여 그 섭섭함을 극대화했다.

각안 覺岸, 1820~1896

석옥 화상의 「산거시」山居詩에 차운하여

次石屋和尙山居詩

시냇물로 차 달여 친구 불러 마시니
정이 숲에 넘치고 온 법당 훈훈하네.
구두를 바로잡아 후학을 가르치고
시편을 섭렵하여 옛 공부 징험하네.
도량을 깨끗이 쓴 뒤 빈 배를 채우고
방장을 열어 놓고 구름 속에 앉았도다.
이 속에 지극한 즐거움 있음을 아노니
명리에 급급한 삶이 우습노라.

남대南臺와 북악北岳이 모두 내 집이니
천진天眞을 지키면서 세월을 보낸다네.
산의 달과 솔바람을 벗으로 삼아
경經 읽고 차 달이며 살아가노라.
선좌에 앉아 오창문 밖의 백마를 분변하고*
법당에 앉아 잔에 비친 뱀임을 깨달았네.*

잎 지고 꽃 피며 봄과 가을이 순환하니

벗 부르며 앉을 가지 고르는 까마귀를 보네.*

汲澗煎茶喚友分 情林密勿滿堂薰 評論句讀砭新學 涉獵篇章證舊聞

淨除道場充空肚 通開方丈坐孤雲 已知至樂箇中在 可笑云爲陌上奔

南臺北岳盡吾家 只守天眞度歲華 蘿月松風爲伴侶 經床茶竈作生涯

三條椽下知吳馬 七尺單前覺盍蛇 葉落花開春秋至 但看喚友擇枝鴉

출전: 『범해선사시집』梵海禪師詩集 권1

해설　전체 12수 중 세 번째와 여섯 번째 시이다. 석옥은 중국 원대의 고승인 청공
淸珙 선사(1272~1352)의 호이며, 「산거시」는 그가 지은 시이다.

- **선좌禪坐에 ~ 분변하고**　방안에 앉아서도 먼 세상의 일까지 환히 안다는 뜻이다. 공자와
안연이 태산을 올라 동쪽으로 보니 오창문吳閶門 밖에 백마가 매여 있었다. 공자가 안연
에게 무엇이냐고 묻자 흰 빨래를 널어놓은 것이라고 대답했다. 공자는 백마를 보았고 안연
은 보지 못했던 것이다. 원문에 나오는 '삼조연하'三條椽下란 서까래 3개가 걸쳐진 정도의
넓이를 뜻하는 말로, 선승 한 사람이 앉을 만한 좁은 자리를 가리키는 관용적 표현이다.
- **법당法堂에 ~ 깨달았네**　이 세계가 허상임을 깨달았다는 뜻이다. 중국 동진의 악광樂廣
이 친구와 술을 마실 때에 벽에 뱀 모양을 조각한 활을 걸어 놓았다. 활 그림자가 친구의
잔 속에 비치자, 친구는 진짜 뱀이 잔 속에 들어가 있었고 그것을 자신이 마신 줄 알고 마
음에 병이 들었다는 고사를 인용한 것이다. 원문에 나오는 '칠척단전'七尺單前은 널빤지
7개가 놓인 정도의 면적이라는 뜻으로, 역시 한 사람의 선승이 앉을 만한 좁은 자리를 뜻
한다.
- **벗 ~ 보네**　저녁이 되었다는 말. 땅거미가 지자 까마귀들이 밤새 앉아 잠들 가지를 골
라 앉는 모습을 형용한 것으로, 시간이 흘러간다는 의미를 담은 표현이다.

각안 覺岸, 1820~1896

김금사에게 화답함 和金錦史

요망한 도깨비 나타나 온 산이 텅 비고
황폐한 돌길은 오래도록 다니지 못했네.
선방에 맞아 얼굴 뵈오니 긴 해도 짧고
차 달여 담소하니 작은 방도 넓구나.
온 산의 봄기운은 무심히 푸르고
언덕 가득 핀 꽃은 마음껏 붉어라.
시 짓고 담론함이 모두 만족스러우니
만나는 곳은 달라도 이별의 한은 같겠지.

妖魔間閩一山空 石徑荒涼久不通 掃榻承顏長日短 煎茶促膝小房洪

浮林暖氣無心碧 滿塢花情有意紅 詩境談軒雙具足 逢場不似恨應同

출전: 『범해선사시집』 권1

해설　이별에 임하여 지은 시인 듯, 정겨운 만남은 짧고 헤어지는 섭섭함은 같을 것이라 말했다.

각안 覺岸, 1820~1896

강매오의 시운을 따서 次姜梅塢韻

젊은 길손 산사에 찾아와
나를 만나러 왔다 하네.
길 위에선 삼추三秋의 시를 읊조렸고
방 안에선 하룻밤의 잠을 물리쳤다네.*
중부의 방에서 차 마시던 일* 생각나고
고소성의 배*에 범종 소리 들려오네.
등불 켜고 마주 앉아 한가로이 이야기할 제
푸른 산엔 구름 떠 있고 하늘엔 달 걸렸네.

有客相尋是妙年 爲言志在老僧邊 沈吟路上三秋韻 除却房中一夜眠

茶禮尙懷中孚室 鐘聲始覺姑蘇船 懸燈對坐閒談處 雲在靑山月在天

출전: 『범해선사시집』 권1

• **길 ~ 물리쳤다네** 젊은 길손, 즉 강매오姜梅塢가 가을에 자신을 찾아와, 밤을 새워 담소
했다는 뜻이다.

• **중부中孚의 방에서 차 마시던 일** 중국 당나라 시인 이백의 「불승이 된 조카 중부에게서
옥천선인장차를 선물 받고 답례하다」(答族侄僧中孚贈玉泉仙人掌茶)에 나오는 내용을 인
용한 표현이다.

• **고소성姑蘇城의 배** 중국 당나라 시인 장계張繼의 「풍교야박」楓橋夜泊에서 "고소성 밖
한산사에서, 밤중에 치는 종소리 나그네 배에 들려오네"(姑蘇城外寒山寺 夜半鐘聲到客
船)라고 한 구절을 원용한 표현이다.

해설　강매오와의 만남을 이백이 조카 중부와 차를 마시던 일, 장계가 배 속에서 종 소리 듣던 일에 빗대어 읊은 것이다. 참고로 초의 선사의 자가 중부中孚이다.

각안 覺岸, 1820~1896

안 산림에 대한 만시 挽安山林

기둥 사이 크나큰 꿈*을 꾸시다니요?
남쪽엔 처사의 집이 다신 없으리.
온 시렁의 책 상자엔 먼지 이미 가득하고
문을 메우던 손님들 발길도 이제 멀어지리.
상 차려 놓고 함께 술 마시기도 어렵겠고
달빛 아래 함께 차를 나누기도 어렵겠네.
길 위에 상여 소리 울릴 제
불승이 지은 만가 소리 들으시겠지.

奠楹大夢問如何 南地更無處士家 滿架書函塵已暗 塡門客杖影將退

未能共酌床前酒 難得同分月下茶 薤露光陰宜路上 應聽梵釋挽轝歌

출전: 『범해선사시집』 권1

해설　전체 2수 중 첫 번째 시이다. 쓸쓸해질 집안 풍경을 말하고 술과 차를 마시던
일을 추억하며, 죽음을 애도했다.

• **기둥 사이 크나큰 꿈**　훌륭한 사람의 죽음을 의미함. 공자가 두 기둥 사이에 앉아 제수를
받는 꿈을 꾸고(夢坐奠於兩楹之間) 얼마 뒤에 죽은 고사에서 유래한다. 『예기』「단궁 상」
檀弓上에 나온다.

각안 覺岸, 1820~1896

운포 이 사백의 시운을 따서 次雲圃李詞伯

한가히 스님들과 법문을 토론하며
삼복더위를 옛 산사에서 보냈노라.
달빛 누각에 오르니 숲은 한껏 푸르고
꽃동산에서 차 마시니 찻잔 온통 붉어라.
성리를 훈도하여 세상 풍속 징계하고
풍채를 뵈오니 도통한 분 만난 듯하네.
결사結社에 참여한 지 여러 해 되었으니
올 가을에 다시 옛 유풍儒風을 보겠구나.

閒携諸釋共談空 消遣庚炎古寺中 移席月樓林漲綠 喫茶花苑椀浮紅

熏陶性理懲愚俗 目擊威儀接道通 結社流芳年已久 今秋更見舊儒風

출전: 「범해선사시집」 권2

해설　사백詞伯은 문단의 거장들에게 부치는 칭호이나, 운포雲圃 이 사백이 누구인
지는 미상이다. 그와 여름 한 철을 같이 보내고 나서 시를 지어 풍모를 칭송한 내용이
다.

각안 覺岸, 1820~1896

쾌년각*에 쓰다 題快年閣

산꼭대기에 법당을 새로 세우니
모든 골짝에 범과 용이 살고 있네.
옛 절엔 천년 만에 길운이 돌아오고
노승은 발우 하나로 산속에 은거했네.
맑은 바람은 조선 차의 흥취를 돋아 주고
예쁜 새는 지저귀어 시름을 달래 주네.
국운國運 북돋우려 힘을 다해 세운 사찰에서
세월을 허송하며 한가히 노니노라.

新開法宇鎭崗頭 虎踞龍盤百谷流 古寺千年回運吉 殘僧一鉢卜居幽

淸風吹起東茶興 好鳥噪分謾語愁 竭力成功神補地 虛消水火等閒遊

출전: 『범해선사시집』 권2

해설   초의 선사가 법당을 새로 세운 것을 축원한 것으로, 쾌년각으로 불어오는 맑
은 바람이 차의 흥취를 돋아 준다고 했다.

• **쾌년각快年閣**   초의 선사는 39세에 해남의 두륜산 자락에 일지암을 지어 기거했다. 그
리고 인근 대흥사에 말년에 주석할 곳을 새로 지었는데, 그곳이 바로 쾌년각이다. 결국 초
의는 여기서 입적했다.

수상 규태가 남암에서 지은 시에 화답하다

唱和水相圭泰南庵拈韻

좋은 날 좋은 때라 까마귀가

날아다니며 세 모퉁이 도네.

조주의 세 번 물음*은 차 마시란 이야기요

백장의 중흥*은 야호선*을 벗어났네.

부월斧鉞의 서릿바람 눈 내린 나무에 불고

정신 깃든 밝은 달은 얼음 병을 비추네.*

이 암자에 수영水營에서 오신 손님 있어

꿈속에서도 충정은 한양으로 달려가네.

• **조주趙州의 세 번 물음** 　조주 선사가 어떤 수좌에게 "전에 이곳에 와 본 적이 있는가?"
"와 본 일이 없습니다." "차나 한잔 마시게"(喫茶去)라고 하고, 또 다른 수좌에게도 역시 똑
같은 말을 했다. 이에 대해 그 까닭을 묻자 다시 "차나 한잔 마시게"라고 한 선종의 화두를
말한다.

• **백장百丈의 중흥** 　백장은 중국 당나라 때 선승 회해懷海를 가리킨다. 중흥이란 그가 백
장산에서 향존암鄉尊庵을 창건하여 선풍을 일으키고, 「백장청규」百丈清規를 제정하여 선
禪의 규범들을 성문화한 것을 말한다.

• **야호선野狐禪** 　선학禪學을 닦아 아직 깨닫지 못한 상태에서, 마치 깨달은 것으로 착각
하여 참으로 깨달은 자마냥 행세하는 승려를 꾸짖을 때 쓰는 말이다. '외도선'外道禪이라
고도 한다.

• **정신 ~ 비추네** 　맑은 얼음 병에 밝은 달빛이 비치는 것처럼 함 점 티가 없음을 비유하는
말. 주회朱熹가 그 스승 이통李侗을 위해 지은 제문에서 '빙호추월'冰壺秋月이라고 한 데
서 유래한 표현이다.

日吉辰良反哺烏 飛來飛去繞三隅 趙州三問拈茶話 百丈重興脫野狐

鐵鉞霜風吹玉樹 精神皓月曜氷壺 庵中自有治營客 夢裡忠情走漢都

출전: 『범해선사시집』 권2

해설　전체 5수 중 네 번째 시이다. 제목에 나오는 수상水相은 수군 사령관을, 본문에 나오는 부월斧鉞은 의장용 도끼 절월節鉞을, 수영水營은 수군사령부를 지칭한 것이다. 당대에 전라우수사全羅右水使를 지낸 이규태李圭泰라는 인물이 있으나, 그 사람인지 확실하지 않다.

각안 覺岸, 1820~1896

참외를 얻고 감흥이 생겨 得瓜興感

말씀마다 예禮에 맞아 공경스러웠고
일마다 『시경』의 시처럼 순수 무구하였지.
유儒 석釋의 도 모두 저버리지 않아
한 아들 절에 보내 석가여래 이었네.
해마다 지팡이 짚고 산사를 찾아오면
절마다 스님들이 다투어 차 보내왔지.
지금은 옛 길을 늙어서 다니지 못하고
노니시던 대臺와 마시던 샘에 노을만 서렸네.

言言依禮無不敬 事事行詩思無邪 二道幷世共不負 分送一兒繼釋迦

年年一杖叩山扃 寺寺胡僧爭送茶 於今古道老不經 遊臺飲泉繞紫霞

출전: 『범해선사시집』 권2

해설 원래 장편 고시이나 일부분을 발췌한 것이다. 참외를 얻고 늙으신 부친을 떠올리며, 그 마음과 행적을 그리고 있다. 각안은 전라남도 완도 출생으로 1833년 14살 때 대둔사에서 출가했으며, 부친은 최철崔徹이다.

다가 茶歌

책을 편 지 오래되어 정신이 피곤하니

솟구치는 차 생각을 참기가 어렵구나.

꽃이 핀 우물은 따뜻하면서도 물맛이 달아

다관茶罐에 길어 화로에 데우며 끓는 소리 듣는다.

일비 이비 삼비*에 맑은 향이 퍼지고

대여섯 사발 거푸 마시니 땀이 송글 배어난다.

상저옹桑苧翁의 『다경』이 좋은 줄을 이제야 깨달았고

옥천玉泉의 「다가」에서 노래한 요체를 알겠노라.

보림寶林의 작설차는 감영에 보내고

화개花開의 진품일랑 대궐에 바치네.

함평 무안의 토산품은 남방의 일품이고

강진 해남에서 만든 차는 서울까지 소문났네.

마음의 번뇌 일시에 씻어 없애니

정신의 청명함이 한나절은 더하네.

졸음을 물리쳐 눈이 번쩍 뜨이며

소화가 잘 되어 가슴이 뻥 뚫리네.

• 일비一沸 이비二沸 삼비三沸　찻물이 첫 번째 끓는 것을 '일비'라 하는데, 물고기 눈(魚眼) 같은 물방울이 생길 때를 말한다. 두 번째 끓는 것을 '이비'라고 하는데, 구슬 같은 물방울이 연이어 샘솟을 때(湧泉連珠)를 말한다. 세 번째 끓는 것을 '삼비'라고 하는데, 솥 안의 물이 펄펄 끓어 파도치듯 일렁이는 상태(騰波鼓浪)를 말한다.

설사에 좋은 건 이미 경험하였고

감기 해독에도 신통한 효험 있네.

공자의 사당에 잔을 올려 참신參神하고

석가의 법당에 정갈하게 공양하네.

서석산瑞石山의 일기일창*은 인에게 받아 마셨고*

백양사白羊寺의 작설과 오취차는 신에게 얻어 마셨네.*

덕용산의 용단차 마시며 두문불출 하느라

월출산에서 나온 이래 소식 끊긴 줄 몰랐네.

중부中孚 스님 옛 집은 언덕이 되었고

이봉离峯 스님 계시던 산은 다관만 남았도다.

무위無爲 스님 선방에선 법대로 달이셨고

예암禮庵 스님 휘장에는 여전히 쌓여 있네.

남파南坡 스님의 다벽茶癖은 좋고 나쁨을 가리지 않고

영호靈湖 스님의 다정함은 많이 마셔도 사양 않네.

자세히 보면 시속에도 즐기는 자 많으니

당송 시대 풍미했던 차의 명인들 못지않네.

선가의 유풍은 조주 선사의 화두이니

참된 맛을 안 이는 제산霽山 스님이 먼저였네.

만일암挽日庵에서 공부 마치고 달구경 하던 밤

• **일기일창一旗一槍** 싹이 처음 나서 창처럼 뾰족하게 나온 것을 일창一槍, 그 아래에 잎이 커지면서 깃발 모양으로 펴진 것을 일기一旗라고 한다. 일반적으로는 '갓 움튼 차 싹'을 일컫는다.

• **인仁에게 받아 마셨고** 법호에 '인仁' 자가 들어 있는 스님에게서 차를 얻었다는 말이다.

• **신神에게 얻어 마셨네** 법호에 '신神' 자가 들어 있는 스님에게서 차를 얻었다는 말이다.

숯불 피워 차 달이며 함께 거닐었네.

정사正筍와 언질彦銍은 섣달에 수확해 담았고

성학聖學 스님이 샘물 길어 태련太蓮 스님을 부르네.

온갖 병과 시름 모두 사라지고

마음대로 거닐자니 부처님 같구나.

경經으로 보기譜記와 논송論頌을 끓어 내니

한 점 성화星火가 가없는 하늘을 질러가네.

아, 어떻게 하면

차 노래가 나와 함께 전해질 수 있을까.

攤書久坐精神小　茶情暴發勢難禁　花發井面溫且甘　蚪罐擁爐取湯音

一二三沸淸香浮　四五六椀微汗泚　桑苧茶經覺今是　玉泉茶歌知大體

寶林禽舌輸營府　花開珍品貢殿陛　咸務土産南方奇　康海製作北京啓

心累消磨一時盡　神光淨明半日增　睡魔戰退起眼花　食氣放下開心膺

苦利停除曾經驗　寒感解毒又通明　孔夫子廟參神酉　釋迦氏堂供養精

瑞石槍旗因仁試　白羊舌粩從神傾　德龍龍團絶交闊　月出出來阻信輕

中孚舊居已成丘　卨峯摓山方安妍　調和如法無爲室　穩藏依古禮庵缾

無論好否南坡癖　不讓多寡靈湖情　細看流俗嗜者多　不下唐宋諸聖賢

禪家遺風趙老話　見得眞味霽山先　挽日工了玩月夜　茗供吹簫煎相牽

正筍彦銍臘日取　聖學汲泉呼太蓮　萬病千愁都消遣　任性逍遙如金仙

經湯譜記及論頌　一星燒送無邊天　如何奇正力書與我傳

출전: 『범해선사시집』 권2

해설　독서하다가 정신이 피곤해질 때 차를 끓이는 장면에서 시작하여 차의 효능과 쓰임새, 차의 산지와 다승茶僧들을 열거하고, 자신의 차 노래가 길이 전해지기를 기대했다. 본문에 나오는 상저옹桑苧翁은 육우陸羽, 옥천玉泉은 노동盧仝, 중부中孚는 초의 선사, 이봉釐峯은 낙현樂玹, 예암禮庵은 광준廣俊 스님을 가리킨다.

각안 覺岸, 1820~1896

초의차 草衣茶

비 막 갠 곡우 날
펴지지 않은 연록빛 찻싹을
솥에 살짝 덖어 내어
밀실에서 잘 말리네.
측백나무 틀로 모나거나 둥글게 찍어 내어
죽순 껍질로 포장하네.
바깥바람 들지 않게 단단히 간수하니
찻잔 가득 차 향기 감도네.

穀雨初晴日 黃芽葉未開 空鐺精炒世 密室好乾來

栢斗方圓印 竹皮苞裹裁 嚴藏防外氣 一椀滿香回

출전: 『범해선사시집보유』

해설 1878년(무인)에 지은 것으로, 당시는 초의 선사가 입적한 지 12년 째 되던 해이다. 아마도 그가 만든 차를 간직해 두었다가 달여 마시며 지은 것이 아닐까 여겨진다.

각안 覺岸, 1820~1896

건제체 建除體 *

덕과 명예 세우는 자
세상에 드물다지.
인간사 모두 물리치고
바위 아래 깃들여 사네.
문화文火와 무화武火로
차 달여 허기 달래네.
날마다 홀로 살아가노니
무엇이 마음에 걸리랴.

建德立名者 言念世所稀 除却人間事 幽棲巖下扉

滿載文武火 煎茶自慰饑 平日獨坐臥 何物觸幻機

출전: 『범해선사시집보유』

해설　각 연의 첫 번째 글자에 12진을 배열한 건제체인데, 여기서는 건建·제除·만滿·평平까지 수록했다.

• **건제체建除體**　'건제'란 음양가들이 날의 길흉을 정하는 건建, 제除, 만滿, 평平, 정定, 집執, 파破, 위危, 성成, 수收, 개開, 폐閉의 12진辰을 말한다. 이 12글자를 차례로 넣어 짓는 것을 '건제체'라고 하는데, 중국 남조 때 송宋의 시인 포조鮑照가 처음 지었다고 한다.

각안 覺岸, 1820~1896

만일암[•] 挽日庵

내 마음 고요히 하려고
만일암에 오래 머물렀지.
늙은 몸에 베옷 걸치고
차와 약으로 가래 씻었지.
바다는 고금에 한결같고
이웃은 남북에 서너 집뿐.
좋은 벗 와서 여름 안거 맺으니
살아가는 일 처음으로 행복하구나.

爲靜自心地 遲留挽日菴 布杉遮老骨 茶藥洗殘痰
海鏡古今一 居隣南北三 高朋來結夏 活計最初甘

출전: 『범해선사시집보유』

해설　1886년(병술)에 지은 시로, 만일암은 앞에 나온 각안의 시 「다가」에도 나오는 곳이다. 만년에 만일암에 기거하며 그 편안한 기분을 읊었다.

• **만일암挽日庵**　전라남도 해남군 두륜산 대흥사(일명 대둔사)의 부속 암자. 신라 승려 정관淨觀이 창건했으며, 일설에는 대흥사의 기원이 된 암자라고 한다.

각안 覺岸, 1820~1896

보운각에 다시 들어와 再入寶運閣

다시 보운각에 들어오니
어느덧 열아홉 해 만이구나.
계절은 똑같건만
물색은 바뀌었네.
대나무는 기쁘게 나를 반기고
향등香燈은 나를 보고 깜빡거리네.
온돌에 앉아 화로에 차 달이니
어느 누가 나를 가난하다 하리오.

再入寶運閣 騁過十九春 光陰依舊在 物色到今塵

竹樹迎人喜 香燈見老嚬 茶爐溫堗坐 誰謂我家貧

출전: 『범해선사시집보유』

해설　1888년(무자) 봄에 지은 것으로, 각안의 나이 69세 되던 해이다.

각안 覺岸, 1820~1896

다약설 茶藥說

백 가지 약이 좋기는 하지만 알지 못하면 사용할 수 없고, 백 가지 병에 시달리니 치료하지 않으면 살지 못한다. 치료할 수 없고 살 수 없는 즈음이라 할지라도 치료하여 살려 낼 방법이 있게 마련이고, 알지 못하여 사용할 수 없는 때라 하더라도 알고 사용할 수 있는 묘법이 있게 마련이니, 사람의 정성이 감동시키고 하늘이 그 정성에 응하지 않으면 약은 병에 대해 아무 소용도 없는 물건이 된다.

나는 임자년(1852. 철종 3) 가을, 남암南庵에 머물렀다. 당시 이질 때문에 사지가 늘어지고 삼시 식사도 잊은 채 어느덧 열흘이 지나고 한 달이 지나자 틀림없이 죽을 것이라고 생각했다. 어느 날 함께 입실한 무위無爲 법형이 본가에서 돌아왔다. 법형과 함께 참선하며 정진하던 중에 부인富仁 법제가 스승을 모시다가 돌아왔다. 머리를 들어 주위를 둘러보니 셋이 앉은 자리가 삼태성三台星의 분야에 해당했기에 반드시 살 수 있을 것이라 생각했다. 잠시 뒤에 법형이 말했다.

"내가 식은 찻물로 어머니 목숨을 구한 적이 있다네. 위급할 때 급히 달여서 사용해 보게."

아우가 말했다.

"저에게 갑자기 필요한 때에 대비해 갈무리해 둔 찻싹이 있습니다. 장만하는 것이 어려울 게 무어 있겠습니까?"

그들이 일러준 말대로 달이고 일러준 말대로 복용했더니, 첫 사발에 배가 조금 편안해지고, 둘째 사발에 정신이 상쾌해졌다. 서너 사발 마시자 온 몸에 땀이 흐르고 시원한 바람이 뼛속까지 불어 애초에 병이 없었던 듯 거뜬했다. 이때부터 점점 먹고 마실 수 있었으며, 움직임도 날로 좋아졌다. 6월이 되자 70리나 떨어진 본가에 가서 어머니의 기제에 참여했으니, 청나라 함풍 2년 임자(1852) 7월 26일이었다.

이 말을 들은 이나 실제 본 이들은 모두 깜짝 놀랐다. 아! 차는 땅에서 난 것이고 사람의 명은 하늘에 달려 있는 것이니, 하늘과 땅이 감응해서 그런 것인가? 약은 형에게 있고 병은 아우인 나에게 있었으니, 형제가 감응해서 그런 것인가? 신통한 효험이 어찌 이러하단 말인가? 차로 어머니를 구하고 차로 아우를 살렸으니, 효제孝悌의 도가 모두 극진하다.

슬프구나! 병이 그다지 위중하지 않았던들 어떻게 꼭 죽을 것이라고 생각했겠는가? 교분이 그다지 두텁지 않았던들 어떻게 꼭 살아날 줄 장담했겠는가? 이로써 평소의 정분이 어떠했는지를 알 수 있으니, 훗날 치료할 방법이 있어도 치료하지 못하는 이들에게 기록하여 보여 준다.

百藥雖良 不知不用 百病爲苦 不救不生 不救不生之際 有救之生之之術 不知不用之中 有知之用之之妙 非人感之天應之 藥與病爲無可奈何也 予壬子秋 住南庵 以痢疾委四支 忘三時 奄及旬朔 自知其必死矣 一日同入室 號無爲兄 自侍親而來 與同禪懺名富仁弟 自侍師而至 擧首左右 三台分位 自知其必生矣 俄爾兄曰 我以冷茶救母 幾危之際 急煎用之 弟曰 我藏芽茶 以待不時之需 何難用之 如言煎之 如言用之 一椀腹心小安 二椀精神爽塏 三四椀渾身流汗 淸風吹骨 快然若未始有病者矣 由是食飮漸進 振作日勝 直至六月 往參母氏忌祭於七十里本家 時乃淸咸豊二年壬子七月二十六日也 聞者驚之 見者指之 吁 茶在地 人在天 天地應歟 藥在兄 病在弟 兄弟感

歟 何神效之如此 以茶救母 以茶活弟 孝悌之道盡矣 傷心哉 病不甚重 何知必死 情
不甚厚 何知必生哉 可知其平生情分之如何 而記示其後來 有可救之道 而不可救之
流

출전: 『범해선사문집』 권1

해설　한 달 동안 지속되어 죽을 것만 같았던 심한 이질을 차를 마시고 거뜬히 회복
한 경험을 기록한 것이다.

각안 覺岸, 1820~1896

다구명 茶具銘

삶이 맑고 한가하기에
몇 말 찻잎 만들었네.
못생긴 질화로 가져다가
숯불 피워 달였네.
다관은 오른쪽에
찻잔은 왼쪽에 두고,
오직 차만 달이노니
무엇이 날 유혹하리.

生涯淸閒 數斗茶芽 設苦窳爐 載文武火

瓦罐列右 瓷盌在左 惟茶是務 何物誘我

출전: 『범해선사문집』 권1

해설　　각안이 자신이 쓰던 질화로와 다관, 그리고 찻잔에 붙인 명문銘文이다.

각안 覺岸, 1820~1896

서산대사영각의 다례에 시주를 모금하는 글

西山大師影閣茶禮募緣疏

영각影閣을 경영하느라 재원이 고갈되어, 조정의 명령이 엄함에도 제향이 오랫동안 중지되었다. 감영의 교지가 계속 내려와 특별히 수호총섭守護摠攝에 차임되었고, 곧이어 흠차관이 와서 봄가을로 차례를 올리라는 엄령을 포고했다. 평소에 재물을 모아 둔 것이 아니었기에 새로 재원을 마련해야 했다. 이미 지난 4, 5년의 향화香火는 본사의 다실(茶戶)에서 보내왔거니와, 앞으로 천백 년의 헌작獻酌에는 틀림없이 다른 사찰의 도움을 받아야 할 것이다. 몇 해 동안 경영했으므로 훌륭한 유사有司를 선정했지만, 향화를 받들 계책이 없기에 어려운 사정을 사방에 고한다. 생각건대 저 유림의 군자들도 밖에서 도와줄 것인데, 하물며 우리 불가의 산승들이야 말할 것 있겠는가?

經營宮闕 罄渴貨泉 朝令嚴申 粢盛曠闕 營旨繼下 特授守護摠攝之欽差 官使旋來 高揭春秋茶禮之嚴令 非是素畜之物件 抑爲新備之冗財 已過四五年行香 準輸本寺之茶戶 將來百千歲獻杓 必借他山之禪宗爾 乃經記有年 擇定易易之化士 香火無策 敢告難難之原情 思彼儒林君子 尙可外扶 況我釋苑行人

출전: 『범해선사문집』권2

해설　해남 대흥사는 서산 대사가 입적한 후 의발을 모셨던 곳으로, 관련 유물이 많이 소장되어 있다. 위는 대사의 영정각에 다례를 올릴 기금을 모집하기 위해 쓴 글의 일부이다.

각안 覺岸, 1820~1896

허 선달에게 답함 答許先達書

편지를 받고 봄과 여름 사이에 거처하기가 평안하신 줄을 알았으니 축하드리는 한편 감사하기 그지없습니다. 저는 불경을 읽는 것으로 상승선上乘禪*을 삼고, 차를 달이는 것으로 연수제延壽劑(목숨을 늘리는 약)로 삼아, 세상 밖의 일은 찻잔의 물 끓는 소리와 같이 여기고 있으니 어떠한 세상사가 꿈엔들 와서 괴롭힐 수 있겠습니까?

因認春夏 起居康旺 爲之贊賀 無任頂祝 某以看經爲上乘禪 煎茶爲延壽劑 溪外之事若熱椀鳴聲 何塵何境 來惱於幻夢之中也

출전: 『범해선사문집』 권2

해설　허 선달에게 보낸 편지 중 일부를 수록한 것이다. 차를 마시는 것으로 목숨을 보존하는 약으로 삼고 있다고 했으니, 각안이 얼마나 차를 애호했는지 짐작할 수 있다.

• **상승선上乘禪**　모든 사람이 다 수행할 수 있는 선, 또는 가장 깊고 넓은 선이라는 뜻. 대승선大乘禪과 같은 말.

심여 心如, 1828~1875

석옥 화상의「산거잡시」에 차운하여

謹次石屋和尙山居雜詩

깨끗하신 풍모는 그려낼 수 없으니
한가로이 청산과 함께 늙으려 하셨지.
산새는 추위 안고 선탑에 내려와 앉고
돌 샘물 맑게 흘러 부엌으로 들어오네.
돌산의 단풍은 서리 내리기 전에 지고
섬돌의 국화는 눈 내린 뒤에 마르누나.
오만 번뇌 아직도 사라지지 않으니
손 가는 대로 화로에 차를 달이노라.

淸光素履不能模 閑與靑山共老圖 溪鳥帶寒來靜搨 石泉瀉淨到香廚

巖間木葉霜前脫 階上菊花雪後枯 萬慮至今猶未盡 茗茶信手煮紅爐

출전:「산지록」山志錄

해설   각안의 시「석옥 화상의 '산거시'에 차운하여」(이 책 181쪽)와 마찬가지로 이 시 또한 석옥 화상의 시에 차운한 것이다. 원래 제목에는 '산'山 자가 빠져 있으나, 필사 혹은 편집 과정에서의 누락으로 보인다. 전체 12수 중 마지막 시이다.

심여 心如, 1828~1875

경오년 8월, 해남의 김·허 등 여러 유생과 더불어 임 자 운에 화답하여 읊다

和林字韻 庚午八月 與海南金許諸儒吟

한가로이 흰 불자 들고 산사에 앉아

청산에서 오래도록 늙어 가노라.

세속을 따라 견문 조금 넓혔고

불법 수호하느라 여름 겨울 잊었네.

나눠 드린 차는 시 지을 때 도움이 되겠지요

경쇠 소리 들으니 홀연히 작별의 마음 드는구려.

새벽녘 단풍 든 가을 숲

돌아가시는 걸음에 자던 새들 놀라겠지요.

閑持白拂坐芳林 許老靑山歲月深 隨俗稍爲聞見博 護身却忘熱寒侵

分茶如助吟詩力 聽磬忽生作別心 曉色秋林紅葉裏 應驚歸路宿枝禽

출전: 「산지록」

해설　경오년은 1870년이다. 해남의 여러 유생들과 헤어지기 전날 밤, 함께 모여 차를 마시며 지은 것이다.

혜견 惠堅, 1830~1908

이 시에는 특별히 염미가 있기 때문에 붓을 잡고 다시 적는다 此詩別有念味 故把筆更寫

영원히 고해를 떠날 수 있도록
날마다 두세 잔의 차를 마시네.
인정은 굽이굽이 번복이 많고
세사는 분분히 자주 뒤바뀌네.
달빛 아래 구름은 자취 없이 가고
골짝의 산새는 울면서 날아오네.
대자리 쓸고서 가부좌 틀고
선정에 들자 만 가지 번뇌 사라지네.

願我永離苦海隈 淸茶日日兩三盃 人情曲曲多飜覆 世事紛紛數返回
月下浮雲無迹去 谷中飛鳥有鳴來 掃塵竹倚參禪坐 入定淨心萬慮灰

출전: 『용악당사고집』龍岳堂私藁集

해설 혜견은 차를 상당히 즐겼던 인물인 듯 차와 관련된 시가 많으나, 여기서는 일부만을 수록했다.

혜견 惠堅, 1830~1908

삼일암에 올라 登三日菴

적요한 암자에서 객흥을 달래노니
홍진을 벗어난 신세가 신선 같구나.
촛불은 저 홀로 솔창 안을 비추고
흰 달은 무심히 죽탑의 언저리 지나네.
한가로이 찻사발 기울여 울울함 풀고
느긋이 시편 읊조려 맑은 인연 맺노라.
놀다 보니 어느새 밤을 지새워
저 멀리서 새벽 종소리 들려오누나.

落莫禪菴遣客興 出塵身勢若神仙 青燈自照松囱內 皓月虛過竹榻邊

茶椀開傾能解鬱 詩篇倦咏更淸緣 俄然遊戲仍無寐 漏盡鍾聲雲外傳

출전: 『용악당사고집』

해설　'삼일암'三日菴은 곳곳에 보이는 암자명이나, 송광사의 삼일암이 아닐까 짐작
된다. 그곳에서 차를 마시고 시를 읊조리다 새벽이 밝아 오는 광경을 묘사했다.

혜견 惠堅, 1830~1908

화초를 심고 차를 마시다 種雜花飮茶

평소에 할 일이 없어

동자승더러 차를 내오게 하네.

약초 캐러 언덕에 오르고

꽃에 물 주느라 뜨락을 거니네.

수석水石은 시 읊기 제격이고

산정山亭은 흥을 돋워 주누나.

흠뻑 취해 평상에 기대어 있노라니

바람결에 풍경 소리 들리네.

平居無所取 使侍進茶瓶 採藥且登岸 灌花更步庭

賦詩宜水石 發興可山亭 駄醉凭床坐 風便動簷鈴

출전: 『용악당사고집』

해설　뜨락에 화초를 가꾸고 차를 마시는 산사의 한가로운 일상을 읊었다.

석양에 쌍계루에 올라 벗들과 읊조리다

夕陽登雙溪樓會友吟

이 누대 쌍계와 함께 있고

길은 동서남북으로 나 있네.

호쾌하게 술을 마시니 가슴이 시원하고

한가하게 이야기 나누려 선탑에서 내려오네.

석실에 서린 구름은 어디에서 머무를까?

개울 숲에 깃들인 새는 쌍으로 우네.

맑은 차를 마시며 매우 즐거웠으니

떠난 뒤엔 내내 서운할까 걱정일세.

是我一樓共碧溪 路兼南北又東西 豪情把酒胸中灑 閑話從心榻上低

石室歸雲何處宿 澗林投鳥兩相啼 喫茶淸味多和樂 去後長長恐不齊

출전: 「농묵집」聾默集

해설 쌍계루雙溪樓는 전라남도 장성군 백양사(원래 이름은 백암사)에 있는 누대로, 고려 말부터 뛰어난 경관으로 유명했던 곳이다. 마지막 구에서 '서운할까 걱정'이라고 한 것은 떠난 뒤에도 이곳이 그리울까 염려된다는 뜻이다. 법린은 결국 백암산에 관음암을 창건하고 그곳에서 입적했다.

서불암*의 늦봄 西佛庵暮春

구십일의 봄빛이 조용히 흘러가니
세월이 강물 같은 줄을 이제야 알겠네.
꽃밭의 고운 꽃은 바람에 지고
차밭의 여린 잎은 봄비에 피어난다.
외진 곳이라 술맛은 모두 잊었지만
산사의 시 짓는 즐거움은 버리지 못하네.
무생無生의 깊은 의미* 알지야 못하지만
십종의 과목*에 참여한 것만은 기쁘네.

九十韶光靜裡過 到今信覺歲如波 花院嬌顏風後減 茶田漱舌雨前多

僻地却忘盃上樂 禪林未放軸頭歌 雖非吞吐無生味 要喜叨參十鍾科

• **서불암西佛庵**　전라남도 고흥군 점암면 팔영산八影山 능가사楞伽寺에 있었던 암자.
• **무생無生의 깊은 의미**　앞에 나온 휴정의 「천옥 선자」 각주(89쪽) 참조.
• **십종十鍾의 과목**　스님들의 10가지 과업을 지칭한 것으로 보이나 자세한 것은 미상이다.
참고로 불경을 수업하는 열 가지 방법을 십종법十種法이라 하는데, '종'種을 '종'鍾으로 잘
못 쓴 것이 아닌가 한다.

해설 전체 2수 중 두 번째 시이다. 보정은 그 호가 '다송자'茶松子였던 만큼 차와 인연이 깊은 인물로, 약 80여 수의 차시를 남긴 것으로 알려져 있다.

보정 寶鼎, 1861~1930

다암 화상과 등불 아래에서 수창하다

與茶庵和上 燈下酬唱

천하의 명승지 한 자리에

십육국사十六國師의 도량 열었네.

유리처럼 맑은 시내 십 리를 둘렀고

검푸른 봉우리는 천고에 둘러 있네.

백 척의 들보에는 학사의 자취 새겨 있고

삼 층의 전각에는 여래불 모시었다.

선방에 올라서 막 잠이 들려는데

노스님 웃으시며 차 한잔 하자시네.

절과 암자 동서로 가까이 있어

월형과 다제*가 다정도 하여라.

구름 속에 누웠으니 표범에게 떳떳하고*

도를 보았으니 발우 속의 용도 이기누나.*

• **월형月兄과 다제茶弟** '월형'은 법호에 '월'月 자가 들어가는 선사를 가리키는데, 위의 내용으로 볼 때 다암茶庵의 별호일 수도 있다. 이에 비해 '다제'茶弟는 보정 자신의 호인 '다송'茶松을 겸손하게 표현한 말이다.

• **구름 ~ 떳떳하고** 자신의 행적이 은둔 군자로서 부끄럽지 않다는 뜻. 남산의 흑표범이 자신의 아름다운 무늬를 상하지 않게 하기 위해 비 내리고 안개 낀 7일 동안 배고픔도 참고 전혀 밖에 나가서 사냥도 하지 않았다는 '남산은표'南山隱豹의 고사를 원용한 것이다.

• **도를 ~ 이기누나** '발우 속의 용'처럼 그것이 허상임을 안다는 뜻. 중국 진晉나라 악광樂

뜰에 핀 국화는 백년의 아름다운 명예요

골짜기 소나무는 세 끼의 끼니로다.

이곳에서 만나자던 정다운 기약 믿기 힘들다면

옛사람의 높은 흥이 여봉에 있네.*

天下名區一局碁 中開二八國師坮 溪光十里琉璃匝 岳色千年碧石堆

百尺雕樑題學士 三層邯宇御如來 纔登禪院因成夢 笑說老錐茶一盃

東寺西庵隣近從 月兄茶弟意含容 臥雲不愧紋身虎 見道亦降藏鉢龍

百歲佳名庭秀菊 三時香飯谷生松 此地情期如未信 昔人高趣在廬峯

해설　전체 5수 중 네 번째와 다섯 번째 시로, 1895년 여름에 지은 것이다. 다암茶庵 화상이 기거하는 사찰의 풍경을 묘사하면서, 두 사람의 도타운 정을 '혜원의 백련사'에 빗대어 읊은 것이다.

廣이 친구와 술을 마실 적에 그 친구가 술잔 속에 비친 활 그림자를 뱀으로 오인하고는 마음속으로 의심한 나머지 병이 들었다가 나중에 그 사실을 알고는 병이 절로 나았다는 고사를 원용한 표현이다. 즉 '술잔 속의 뱀'을 '발우 속의 용'으로 바꾸어 쓴 것이다.

* **옛사람의 ~ 있네**　'여봉'廬峯은 본래 중국 강서성江西省 구강현九江縣의 여산廬山을 가리킨다. 동진東晉 때 고승 혜원慧遠이 이곳에 동림사東林寺를 세우고 백련사白蓮社를 맺었으며, 도잠陶潛이 은거하기도 했다. '옛사람의 높은 흥'이란 바로 이러한 자취를 말한 것이다.

보정 寶鼎, 1861~1930

대운 은자를 방문하다 訪大雲隱子

은자가 계신 곳은 왕래하기 어려우니
첩첩 봉우리와 험한 절벽 사이로 길이 나 있네.
발우 가득한 솔 향은 선열禪悅의 맛이요
잔 가득한 뇌소차는 조주의 찻잔이로다.
청산과 함께 바위에 기대기도 하다가
흐르는 물 따라 구름을 나오기도 하다가
장생무멸초를 캐어서는
홀연 소매에 넣고 노을 밟고 돌아오네.

隱子所居難往來 層峯亂壁路橫開 一鉢松香禪悅味 滿鍾雷笑趙州盃

曾與靑山凭石塪 更隨流水出雲坮 採得長生無減草 飄然葛袖夕陽回

출전: 「다송시고」 권1

해설 대운 은자가 사는 곳의 신선 같은 풍경과 일상을 읊은 것이다. 뇌소차는 봄철
첫 우레 소리를 듣고 돋아난 차를 말한다. 추붕의 시 「취 율사의 운에 따라」 주석 참
조(이 책 140쪽).

보정 寶鼎, 1861~1930

차를 끓이며 1 煎茶

객승이 찾아와서 조주의 문을 두드리니

차로 이름 난 것 부끄러워 뒤뜰로 모시네.

해남 초의 선사의 「동다송」을 진작 읽고

당나라 육우의 『다경』도 보았었네.

정기를 기르기엔 경뢰소가 제격이고

손님 접대엔 자용향이 그만이지.•

오지 다조 청동 병에 찻물 고요히 끓으니

한 종지 작설차가 제호醍醐보다 낫구나.

有僧來叩趙州扃 自愧茶名就後庭 曾觀海外草翁頌 更考唐中陸子經

養精宜點驚雷笑 待客須傾紫茸響 土竈銅甁松雨寂 一鍾禽舌勝醍靈

출전: 『다송시고』 권1

해설　자신을 조주趙州에 빗대어 부끄럽게도 차로 이름이 났다고 너스레를 떨었는
데, 이어지는 구절들을 보면 은근한 자부심을 느낄 수 있다. 또 당시에 「동다송」이 널
리 읽혔음을 알 수 있는데, '경뢰소'와 '자용향' 모두 「동다송」에 나오는 이름들이다.

• **정기를 ~ 그만이지**　경뢰소驚雷笑는 봄철 첫 우레 소리를 듣고 돋아난 차를 뜻하는 말
로, 일명 뇌소차라고 한다. 자용향紫茸響(香)은 차의 이름, 혹은 차의 향을 일컫는 말로 쓰
인다. 추봉의 시 「취 율사의 운에 따라」 주석 참조(이 책 140쪽).

보정 寶鼎, 1861~1930

석별 惜別

천만 바위와 나무에 서늘함 생기니
바람소리 아니면 빗소리겠지.
다릿가 푸른 버들에 산은 더욱 푸르고
깨끗한 백사장에 물은 절로 맑구나.
헤어진 뒤 나는 운북雲北˙ 길로 돌아오고
책 읽으러 가는 그대는 해남 고을로 향하네.
조주 스님의 다품茶品을 묻지 마시게
대답 못하면 다승이란 이름만 창피하이.

千岩萬木一凉生 不是風聲卽雨聲 橋頭烟柳山猶暗 鏡裏流沙水自明

惜別人歸雲北路 讀書君向海南城 趙老品題且莫問 僧來不答愧茶名

출전: 『다송시고』 권1

해설　전체 4수 중 세 번째 시이다. 앞의 시와 마찬가지로 자신을 조주에 빗대면서
그 명성에 부끄러운 사람이므로 다품을 묻지 말라 했다.

• **운북雲北**　전라북도 순창군 운북리로 추정되나, 자세한 것은 미상이다.

보정 寶鼎, 1861~1930

술회 述懷

대 아래는 차샘이요, 대 위는 정자
시원한 마루와 문이 남해를 굽어보네.
거울 속의 풍경은 천고에 고요하고
그림 속의 강산은 점점이 푸르다.
백 척의 난간에 바람이 잦아들자
한잔의 뇌소차에 꿈이 막 깨는구나.
책상에 기대어 들려오는 뱃노래 들으며
세상의 부침이야 물결에 맡겨 두네.

坮下茶泉坮上亭 軒門廣遠鎭南溟 鏡中聲色千年穩 畵裡江山數點靑

百尺欄干風纔定 一鍾雷笑夢初惺 隱几遙聞滄浪曲 淸纓濁足任他涇

출전: 「다송시고」 권1

해설 　멀리 남쪽 바다에서 들려오는 어부들의 뱃노래를 굴원의 「어부사」漁父辭에
나오는 「창랑곡」滄浪曲에 비겼다. 원문 마지막 구에서 갓끈을 씻는 것(淸纓)은 출세
를 의미하고, 발을 씻는 것(濁足)은 은거를 의미한다. 영욕과 진퇴라는 속세의 일 따
위는 모두 남해의 파도소리 속에 묻어 둔다는 탈속한 정취를 읊은 것이다.

220　한국의 차 문화 천년 7

보정 寶鼎, 1861~1930

종 스님과 원 스님을 보내며 送宗元兩人

한 떨기 국화에 가을 정취 탐스러워
그것이 어여뻐 수시로 적취루*에 오네.
연못의 안개는 구름과 닿아 있고
화로에선 자용차 향이 풍겨 오네.
시흥과 주흥에 그리움이 솟구치니
풍악과 양주*에서 벗들이 많았어라.
애 끊는 슬픔만 갈수록 깊어지니
적막한 산천에서 마음 어이 달랠까

一叢霜菊領秋頭 有意時來積翠樓 墨池烟渌流雲合 茶竈香傳紫茸浮

情出詩思兼酒興 友餘楓岳又楊州 一片心猿隨境轉 空山殘水卒難收

출전: 「다송시고」 권1

해설   전체 5수 중에서 네 번째 시이다.

• **적취루積翠樓**   송광사에 딸린 암자의 이름이다. 1710년에 정열淨悅, 시습時習, 기향起香 세 스님이 세웠다.
• **풍악과 양주**   강원도 금강산과 경기도 양주의 어느 사찰에서 모였던 일을 회상한 대목으로 이해된다.

보정 寶鼎, 1861~1930

금강산으로 가는 호 스님과 문 스님을 보내며

送昊文兩上人金剛

괴정槐亭에서 칠 리를 더 가

손잡고 헤어지며 꼭 돌아오시라 당부했지.

이별 노랠랑 그만 부르시고

차나 한잔 더 하시오.

槐亭七里上 握手語歸來 休唱陽關曲 點茶更一盃

출전: 「다송시고」 권1

해설　전체 2수 중 첫 번째 시이다. 떠나는 사람에게 술을 권하며 보내는 것이 일반적인 전별 풍경인데, 보정은 금강산으로 가는 두 벗에게 술 대신 차를 권하고 있다.

보정 寶鼎, 1861~1930

국천을 방문하여 訪菊泉

가을 깊어 이슬이 함뿍 내린 산사에
표표히 갈옷 차림으로 시선詩仙을 찾아왔네.
차가운 창 아래 시 읊조리며 앉았다가
설법과 맑은 차에 홀연히 잠을 깬다.

秋滿山家露滿天 輕輕葛袖訪詩仙 沈唫久坐寒窓下 法語淸茶忽罷眠

출전: 『다송시고』 권1

해설 국천菊泉이 누구인지는 미상이나, '시선'이라고 한 것으로 보아 시를 잘하는
스님임을 알 수 있다. 그와 함께 시를 짓고 설법을 듣고 차를 나누는 광경을 읊었다.

보정 寶鼎, 1861~1930

대지전 大智殿

고요히 시간은 흘러
산사의 세월 빠르구나.
솔잎 따니 발우에 향이 그득하고
차 달이니 잔 속에 달이 뜨네.
아까는 삼성각으로 갔다가
지금은 오봉암에서 오노라.
겨울 산에서 길을 잃어
잠깐 반야대에 올랐네.

靜裡光陰逝 家中歲月催 摘松香滿鉢 煮茗月生盃

向從三聖去 今自五峰來 錯認寒山路 暫登般若坮

출전: 「다송시고」 권1

해설　　송광사의 일곱 요사채인 대지전, 행해당行解堂, 보제당普濟堂, 용화당龍華
堂, 해청당海淸堂, 법성루法性樓, 임경당臨鏡堂 중 첫 번째로 대지전을 읊은 시이다.

보정 寶鼎, 1861~1930

산에 살며 부질없이 읊다 山居漫吟

홀로 떠도는 구름 같은 신세라

두루미 떼 향해 억지로 불러 보네.

차는 「동다송」의 법대로 달이고

인장은 〈남인도〉* 따라 모각한다.

만법萬法은 밝히기 어려우니 유有를 묻지 마오

일진一眞을 깨닫지 못하면 무無를 보지 마오.

어이하면 참선 공부 마치고서

적재적소에 자리와 이타* 갖출 수 있을까?

身作閑雲影自孤 故携群鶴强相呼 煎茶常誦東茶頌 佩印必摹南印圖

萬法難明休問有 一眞不達莫觀無 如何坐罷蒲團學 對境應機二利俱

출전: 「다송시고」 권1

해설   앞서 「차를 끓이며 1」(이 책 218쪽)에서 「동다송」을 읽었다고 하였고, 또 그
법대로 차를 달인다고 하여 자신이 초의 선사의 법도를 이었음을 말하고 있다.

• 〈남인도〉南印圖   어떤 그림을 지칭하는 말이나, 자세한 것은 미상이다.

• 자리自利와 이타利他   자신에게도 이롭고 남에게도 이롭게 함.

보정 寶鼎, 1861~1930

석실 선사의 「산거잡영」에 삼가 차운하다

敬次石室山居襍咏

송광사 서쪽에 청량한 다실

단 샘물 비옥한 땅 조계曹溪라 한다네.

굽이굽이 산줄기 좌우로 둘러 있고

감아 도는 돌길엔 이끼가 끼어 있네.

뜰에는 매화와 버들 화분 속에 담겨 있고

연못엔 연꽃과 마름 진흙 속에 피었도다.

정진하여 진리 찾아 무엇 하려는가?

누른 잎 건네주며 우는 아이 달랠 날 기약하네.*

차밭 드넓고 대나무 섬돌 층층인데

보슬비 산들바람에 기거가 편안하네.

오동나무는 가을 알려 잎을 떨어뜨리고

울타리엔 도둑 막으려 등 넝쿨을 둘렀네.

달빛 아래선 호탕하게 시승 주객과 놀다가

산속에선 절로 수행승이 되는구나.

진흙 속에서도 늘 청정함 간직하는 경계* 알고자

• **누른 잎 ~ 기약하네**　우는 아이에게 누런 단풍잎을 주며 황금이라고 속여 울음을 그치게
한다는 말. 원래는 일체의 법문이 모두 부질없는 짓이라는 뜻인데, 여기서는 설법을 벗어
난 진여眞如의 세계를 직접 볼 날이 오기를 기대한다는 뜻으로 이해된다.

연못 속에 수줍게 핀 마름꽃 보노라.

큰 도는 법규에 얽매이지 않는다지만
우선 〈화장찰해도〉*를 걸어 두었네.
터진 사발 싫어서 발우로 차 마시고
언 샘물 겁이 나 부엌에서 물을 긷네.
누더기 옷차림으로 오직 불법을 닦고
나물국 마시며 야윈 몸을 살찌우려네.
평생의 바람으로 이만한 게 또 있을까?
늘 불경을 외며 화로에 향 사르노라.

茶室淸涼松寺西 泉甘土肥號曹溪 羅帶風鱗龍左右 苔門螺環路高低

庭欣梅柳盆藏土 潭愛荷菱鎚調泥 養性尋眞何意思 將期黃葉止兒啼

茶田柵闢竹階層 疏雨凉風坐臥能 梧欲試秋飛一葉 籬防悔盜繞千藤

月下浪從詩酒子 山中自作盍蘭僧 要知處染常淸淨 坐看蓮塘半笑菱

雖知大道沒規模 權掛華藏刹海圖 茶嫌椀坼因傾鉢 泉畏氷稜直灌廚

鶉衲只求成道業 大羹必欲療形枯 生平志願何如此 長頌金文香一爐

• 진흙 ~ 경계　처염상정處染常淨, 즉 더러운 진흙 속에 있으면서도 늘 청정함을 간직한
다는 말로, 흔히 연꽃 또는 불가의 정법을 상징하는 말로 쓰인다.
• 〈화장찰해도〉華藏刹海圖　비로자나불의 정토淨土인 연화장蓮華藏 세계를 그림으로 표
현한 것.

해설　12절기에 맞춘 전체 12수 중에서, 첫 번째(1월), 일곱 번째(7월), 열두 번째(12월) 시이다. 다실, 차밭, 다완 등 보정이 일상에서 차를 얼마나 애호했는지 짐작할 수 있다.

보정 寶鼎, 1861~1930

5월에 수석정 개울가에서 세 벗이 술을 마시며

仲夏水石亭溪上 三友對酌 述懷雜詠

산사의 살림이 매우 단출해
책상 하나에 찻병 하나.
폭포 높이 걸렸으니 비파 탈 것 없고
산봉우리 첩첩이니 병풍 필요 없구나.
결사의 벗들은 금옥처럼 단단한 교분이요
선비와의 사귐은 정자와 달보다 담담해라.
단비를 뿌려 주다가도 우레를 때리니
세상인심이 저울대와 같구나.

뉘 알리! 시구 찾는 세 산승이
여가에 한가롭게 오능*을 흉내 낼 줄.
다승의 명성 지녔지만 차향은 줄어들고
학우들은 돌아갔지만 공부 빚은 늘었네.
아침 햇살은 발을 걷자 따스하고
점심 종소리는 공양 전이라 맑구나.
창 아래 누워 있는 것이 즐거움 아니니

• 오능五能　날다람쥐이다. 날다람쥐는 다섯 가지 재주를 지니고 있지만 어느 것 하나 특
출한 것은 없다. 곧 산승들이 시를 짓거나 차를 마시거나 거문고를 타거나 하는 등의 다섯
가지 재주를 지녔지만, 어느 것 하나 잘하는 것은 하나도 없다는 뜻이다.

시통 들고 술병 차고 산에 오르니만 못하네.

禪家日用甚淸輕 詩墨一床茶一瓶 絶瀑高低休願瑟 奇岑層疊不須屛

社朋斷意金分玉 學士交情月上亭 甘霈如膏雷又警 世心平仄似權衡

誰知覓句是三僧 隨暇忘機效五能 茶名守去茶香減 學友歸來學債增

早日捲簾然後曝 午鍾齋供以前澄 明窓緗褥終非樂 不若携詩佩酒登

출전: 「다송시고」 권2

해설　전체 10수 중에서 첫 번째와 아홉 번째 시이다. 시통詩筒은 시를 적어 담아 두거나 서로 주고받을 때 쓰는 대나무 통이다.

보정 寶鼎, 1861~1930

인오 장실과 차를 마시며 與寅旿丈室茶話

학문하는 서생이 사귐이 그윽하여
만나던 날에 유람을 약속했네.
군자의 우정은 뱃속에서 솟아나고
동심의 마음은 교해教海에 흐른다.•
푸른 골짝에 풍경 소리 해맑고
구름 저 너머 매미 소리 높구나.
석양에 비 내리려 하니 정신 한층 맑고
차 마시고 향 사르니 흥이 더욱 깊어라.

探學書生交契幽 連襟此日卜淸遊 玉鳴情自丹田決 金斷心從教海流

磬響崢嶸靑嶂壑 蟬聲鼎沸白雲洲 夕陽欲雨神猶健 茶半香初興更悠

출전: 『다송시고』 권2

해설　전체 3수 중 두 번째 시이다. 마지막 구의 '다반향초'茶半香初라는 표현은 추사 김정희가 대련으로 써서 유명해진 구절인데, 그 해석에 있어 다소 논란이 있다. 정민, 『새로 쓰는 조선의 차 문화』(김영사, 2011), 419~434쪽 참조.

• **동심同心의 ~ 흐른다**　『주역』「계사전 상」繫辭傳上의 "두 사람이 마음을 같이하면 쇠도 자를 수 있고 그들의 말은 난초 향기와 같다"(二人同心 其利斷金 同心之言 其臭如蘭)라는 말에서 나온 것이다. 교해教海는 '가르침의 바다' 즉 불가의 세계를 의미한다.

보정 寶鼎, 1861~1930

비 온 뒤 햇차를 따며 雨後採新茶

아침 비 잠깐 개어 사립문 닫고
차밭으로 갈까나 대밭으로 갈까나?
산새는 한낮에 울어 사람을 놀라게 하고
어린 동자는 벗을 불러 노을을 바라보네.
깊은 숲엔 가는 가지 빽빽할 터이고
소석촌엔 여린 잎이 모두 돋았겠지.
법식대로 덖어 내어 차를 조제하여
구리병에 샘물 받아 맑은 혼을 마시리.

乍晴朝雨掩柴扉 借問茶田向竹園 禽舌驚人啼白日 童稚喚友點黃昏

纖枝應密深林壑 嫩葉偏多小石邨 煎造如令依法製 銅瓶活水飮淸魂

출전: 「다송시고」 권2

해설　소석촌小石邨이 어디인지는 미상이나, 보정이 그곳의 차밭에서 차를 따서 음용했음을 알 수 있다.

보정 寶鼎, 1861~1930

여흥을 한가로이 읊다 餘興謾唫

종일토록 노니노라니

여름 해 아직 중천에 있네.

매미 소리 잦아들자 산은 저물고

종소리 울리자 흰 불자 흔들리네.

달 지자 가장 먼저 촛불을 켜고

차 달이려 다시금 땔나무 쪼개네.

산새들 둥지로 들고 인적도 끊어져

세상이 온통 적요하구나.

鎭日淸遊地 炎烏尺九霄 蟬歇靑山暮 鍾鳴白拂搖

月沒首明燭 茶烹更析樵 鳥歸人亦散 萬物俱寥寥

출전: 『다송시고』 권2

해설　차를 마시는 일이 정해진 일상이 되어, 으레 땔감을 쪼개어 찻물을 준비하고
있음을 볼 수 있다.

보정 寶鼎, 1861~1930

허원응이 마련한 다회에 참석하여[1]

赴許圓應茶會

청산에 비 개자 하루가 일 년 같은데

버들길 오솔길 걷다 보니 한낮이 되었네.

남양*에서 바람 불어 낮잠이 달고

진탑*에 꽃이 피어 방문객 줄을 잇네.

다조에선 향기로운 차를 따라 마시고

시연에선 구름 타고 놀던 꿈 깨었어라.

불당에 가득한 남녀 불제자들의

일곱 근 장삼*에 노을이 물든다.

碧山雨霽日如年 隨柳攀松近午天 風起南陽龍睡穩 花開陳榻客蹤連

茶竈香傳傾石髓 詩筵夢罷駕雲船 滿堂蒲塞兼紅露 七斤霞衫濕翠烟

- **남양南陽**　중국 삼국시대 제갈량은 별호가 '봉룡'鳳龍인데, 남양에서 은거했다. 원문에
서 '용수龍睡'라고 한 것은 '봉룡이 잠을 잔다'는 의미이다.
- **진탑陳榻**　중국 후한後漢 말의 명사였던 진번陳蕃의 걸상을 가리킨다. 진번은 특별히
걸상 하나를 걸어 두었다가 당시의 고사高士인 서치徐穉가 오면 이것을 내려서 앉게 함으
로써 우대했다고 한다. 여기서는 손님 접대를 잘한다는 의미이다.
- **일곱 근 장삼**　어떤 스님이 조주에게 묻기를, "만법은 하나로 돌아가거니와, 그 하나는
어디로 돌아가는 겁니까?"(萬法歸一 一歸何處) 하니, 조주가 말하기를, "내가 청주에 있
을 적에 베 장삼 한 벌을 만들었더니, 그 무게가 일곱 근이더라"(我在青州 作一領布衫 重
七斤)라고 한 화두에서 온 말로, 불제자佛弟子의 수업受業을 내포하고 있는 단어이다.

원응 스님의 자는 은유隱酉이고, 남암에 거처했다(字隱酉居南庵).

출전: 『다송시고』 권2

해설　전체 4수 중 첫 번째 시이다. 두 번째 구절은 중국 북송北宋 때 정호程顥의 시 「우연히 읊다」(偶成)에서, "엷은 구름 산들바람 정오가 가까운 때, 꽃 찾아 버들 따라 앞개울을 건너노라"(雲淡風輕近午天 傍花隨柳過前川)라고 한 구절을 원용한 것이다.

보정 寶鼎, 1861~1930

산에 사는 흥취 山居幽興

바위 뒤의 암자에서 낮잠이 달콤하니
산속의 사업이라곤 진여*를 꿈꾸는 것.
달을 보며 삼구 화두*를 참구하고
차 달이며 다섯 수레 책을 읽는다.
대를 심어 무성하니 봉황 춤을 보겠고
연못 파서 물을 담아 물고기 기르네.
물아가 일체이니 밉고 고움 어디 있나?
절름발이 자라, 눈먼 거북과도 친하게 지내네.

午睡方濃石掩廬 山居事業夢眞如 對月小參三句話 點茶大讀五車書

栽竹成陰看舞鳳 鑿池貯水養生魚 等視物我何憎愛 跛鱉盲龜亦不疏

출전: 「다송시고」 권2

해설　전체 2수 중의 두 번째 시로, 산속에 사는 물아일체적 흥을 읊은 것이다.

• **진여眞如**　범어 tathatā를 의역한 불교 용어로, '진'眞은 '진실하여 허망하지 않다'(眞實
不虛妄)는 뜻이고 '여'如는 '체성體性이 변하지 않는다'(不變其性)는 뜻을 지니고 있다.
일반적으로 만유萬有의 변하지 않는 근원이요 본체라는 의미로 쓰인다.
• **삼구 화두三句話頭**　선가의 화두가 주로 3구로 되어 있기 때문에 이렇게 말한 것이다.

보정 寶鼎, 1861~1930

팔경 八景

골짜기 이름이 어디서 왔나?

철마다 찻잎은 새로 돋누나.

바람 불어 눈발을 날리고

비 뿌려 서리를 씻어 주네.

꽃잎은 아침 해보다도 붉고

나뭇가지는 저녁 물결에 비치네.

쓸쓸히 온 산에 낙엽 진 뒤에도

저 혼자만 무성히 늘 봄날이네.

茲洞名何在 四時茶葉新 風吹飜雪玉 雨洒滌霜塵

紅蕚猜朝日 碧條映夕濱 蕭蕭千木落 密密獨長春

출전: 『다송시고』 권2

해설 　전체 8수 중, 여섯 번째 시이다. 마지막 구에서 '장춘'長春이라고 한 것을 보면, 대둔사 초입의 장춘동 8경을 읊은 것이 아닌가 짐작된다.

보정 寶鼎, 1861~1930

중림의 학생이 산으로 돌아왔기에 中林學生歸山

몇 번이나 물 건너고 산을 넘었는가
오늘에야 반갑게 산사에 찾아왔네.
청산에는 나막신 신고 올라갔겠고
도성에선 살구꽃 질 때 술 마셨겠지.*
합포의 진주가 십 년 동안 강남에 있더니*
화표의 학이 천년 만에 한양으로 돌아왔네.*
자리 펴고서 난정의 잔치* 열어야 하니
구리 솥에 차 달이며 또 옷을 잡히네.*

• **도성에선 ~ 마셨겠지** 두목杜牧의 「청명」清明에 "한번 물어보세, 술집이 어디 있는지, 목동이 멀리 가리킨 곳 살구꽃 핀 마을"(借問酒家何處在 牧童遙指杏花村)이라는 구절을 원용한 것이다.

• **합포合浦의 ~ 있더니** 중림의 학생이 오랫동안 이곳을 떠나 있었다는 의미이다. 합포의 바다 속에 진주가 많이 나왔으나 어느 태수가 탐욕을 부리자 점차 교지군交阯郡으로 진주가 옮겨 갔는데, 후한後漢의 맹상孟嘗이 부임하여 청렴한 정사를 펼치자, 예전처럼 진주가 많이 나오기 시작했다는 중국 고사를 원용한 것이다.

• **화표의 ~ 돌아왔네** 중국 한漢나라 요동遼東 사람 정영위丁令威가 고향을 떠난 지 천년 만에 학으로 변해 요동성 화표주 위에 앉았다가 날아갔다는 전설을 원용한 것이다.

• **난정의 잔치** 중국 진晉나라 왕희지王義之가 산음山陰의 난정蘭亭에서 42인의 명사들과 곡수曲水에 술잔을 띄우고 시를 지으며 성대한 풍류를 베풀던 일.

• **옷을 잡히네** 두보杜甫의 시 「곡강」曲江에서 "조정에서 돌아오면 날마다 봄옷을 전당 잡히고, 매일같이 강가에서 술에 취하여 돌아온다"(朝回日日典春衣 每日江頭盡醉歸)라는 구절을 원용한 것이다. 여기서는 술이 아니라 차를 마시겠다는 의미로 변용했다.

登程渡水越山幾 此日歡迎排石扉 蠟屐青山幽客到 酒旗紫陌杏花飛

浦珠十載江南至 華鶴千年漢北歸 挹筵宜設蘭亭會 銅鼎煮茶又典衣

출전: 『다송시고』 권2

해설　전체 2수 중 첫 번째 시이다. 산으로 돌아온 학생을 위해 중국의 명시와 고사를 원용하여 축하의 뜻을 전한 것이다.

보정 寶鼎, 1861~1930

동짓날 至日

절후를 듣고 보니 창밖이 차가운데
난간에서 홀로 기러기 소리 듣는 이 누구인가?
푸르던 산천엔 송죽만이 남았고
매서운 바람은 천지를 뒤흔드네.
양쪽 언덕엔 매화 눈이 몰래 돋고
궁음의 계절에 일양이 생겨난다.*
차 달이고 팥죽 쑤어 법당에 공양하자
새 한 마리 울면서 남쪽으로 돌아가네.

忽聞節候覺窓寒 听雁何人獨倚欄 蒼蒼地澤餘松竹 烈烈天風動海山

梅眼暗生雙岸裡 雷陽屈起衆陰間 烹茶煎豆供聖罷 一聲幽鳥向南還

출전: 「다송시고」 권2

해설　동짓날 차와 팥죽을 법당에 공양하며 지은 시이다.

• 궁음窮陰의 ~ 생겨난다　『주역』의 「복괘」復卦를 가지고 동지에 비긴 표현. 동지는 밤이
가장 긴 날이므로, 그다음 날부터 조금씩 낮이 길어진다. 이것을 다섯 개의 음효 아래에 하
나의 양효가 있는 복괘와 연결시킨 것이다.

보정 寶鼎, 1861~1930

다송명 茶松銘

솔잎 한 주머니, 차 한 병
세상 인연 끊고서 이 암자에 누웠네.
우습도다, 옛사람들 결사를 만들 때
새소리 꽃구경도 마다 않았지.*

一囊松葉一瓶茶 不動諸緣臥此家 堪笑昔人修結社 何妨聽鳥又看花

출전: 『다송시고』 권2

해설　보정의 호인 '다송'茶松에 붙인 명銘으로, 솔잎(松葉)과 다茶에서 그 이름을
땄음을 알 수 있다. 또 『다송시고』 권3의 「귀일 선사가 양산에서 돌아와 지은 시에 차
운하여」(次歸一禪師自羊山還)를 보면, "'다전'茶田과 '송헌'松軒이 우리 집이네"(茶田
松軒是吾家)라고 했다.

• 옛사람들 ~ 않았지　결사의 목적이 꼭 고상한 데 있는 것이 아니라 새소리를 듣고 꽃구
경하는 따위 소박한 것을 목적으로 해도 좋다는 뜻이다.

보정 寶鼎, 1861~1930

이 빠진 날의 소감[1] 落齒有感

마흔부터 이가 없는 것 한탄했거늘
하물며 오늘 아침 또 하나 빠짐에랴.
밥 먹을 젠 눈물겹게도 어금니만 남았고
차 마실 때엔 딱하게도 입술만 오물거리네.
머리 빠질 땐 그나마 오래 살 줄 알았더니
이 빠지고서야 죽을 때 이른 줄을 알았네.
앞니 뒷니 다 빠져 합죽이가 되니
발음이 새어 담소 나누기도 부끄럽다.

自恨口無四十齒 今朝況復一根毁 對飯含淚但齟牙 喫茶搖舌唯呀齝

髮星猶誇遠長生 齔缺方知期老死 去先來後面門疏 頗失語言酬酢耻

[1] 무오년 10월 15일, 나이 58세이다(戊午十月十五日年五十八).

출전: 『다송시고』 권3

해설   이가 빠져 합죽이가 된 58세의 자신을 자조적으로 읊은 것이다. 본격적인 차
시라고 할 수는 없겠으나, 입술을 뻐금거리며 차를 마시는 모습을 익살스럽게 표현
했다.

보정 寶鼎, 1861~1930

차를 끓이며 2 煎茶

질화로에 돌솥 놓고 솔불 피우니
샘물이 보글보글 끓어오른다.
고운 작설을 구리 병에 우려내니
한잔의 뇌소차와 울금*시라네.

土爐石鼎燃松枝 活水澎澎初潑時 雀舌纖纖銅瓶點 一鍾雷笑鬱金詩

출전: 「다송시고」 권3

해설　찻잎을 형용하는 말로 작설雀舌, 작설鵲舌, 오취烏嘴 등이 흔히 쓰이는데, 차나무에서 처음 움이 터 올라오는 찻잎을 참새의 혀(雀舌), 이보다 조금 더 자란 것은 까치의 혀(鵲舌), 그리고 좀 더 큰 것은 학의 혀, 즉 '학설'鶴舌이라고 한다.

• **울금鬱金**　본래 향초의 이름인데, 술을 담가서 제사에 쓴다. '울금시'鬱金詩가 무엇을 지칭하는지는 미상이다.

보정 寶鼎, 1861~1930

차를 만들어 갈무리하며 修造茶藏有占

네 기둥에 창을 달아 방 하나 만들고
여섯 문을 벽에 달아 갈무리했네
우스워라, 지금 차 달이는 이 방이
언제까지 법당 모습 간직할는지?

四柱併窓搆一房 六門聯壁纔成藏 可笑今朝煎茗室 誰知幾劫拈香堂

출전: 『다송시고』 권3

해설　법당 한편에 차를 덖어 갈무리해 두는 방을 만들고 그 감회를 적은 시이다.

통도사에서 題通度寺

축령산 아래 골짜기는 깊어
즐비한 산사에서 염불을 외네.
거마가 남쪽에 당도하니 고관들이 온 것이고
들녘에 가을 드니 농부들이 찾아왔네.
누대는 산기운 품어 마루에 구름이 일고
계수나무는 향기를 뿜어 달이 숲에 걸렸네.
돌탑의 금개구리는 발자국 남기고
차 한잔 마시기도 전에 낮 종이 울리누나.

鷲靈峰下洞門深 櫛比琳宮誦法音 車馬南來朝士到 田園秋熟野人尋
樓含岳氣雲生檻 桂送天香月在林 寶塔金蛙留往跡 茶經未半午鍾臨

출전: 『증곡집』曾谷集 권상

해설 통도사의 주변 경관과 유적을 읊은 것이다. 고관들이 방문하고 들녘에는 농부들이 찾아온다고 한 것으로 보아 당시 절의 위세가 대단했음을 알 수 있다.

진종 震鍾, 1864~1940

쌍계 죽로차

동안거를 맺을 무렵 물방울도 얼더니
동안거를 풀 무렵 풀잎에 향기 새롭네.

인삼은 맛이 달면서 원기를 북돋우고
고련은 맛이 쓰면서 횟배를 치료하네.

가장 좋은 것은 쌍계의 죽로차니
옛날 조주 노사의 차 따위야 우습구나.

其結冬也에 滴水定凍이요 其解冬也에 細草香新이로다.

人蔘은 味甘而生津이오 苦練은 味苦而殺虫이로다.

最好雙溪竹露茶여 可笑昔年趙州老로다.

출전: 『용성선사어록』龍城禪師語錄 권하

해설　진종이 동국제일선원東國第一禪院의 동안거 날에 행한 법문에 나오는 송頌
이다. 인삼과 고련, 조주의 차보다 쌍계 죽로차가 최고라고 하였다.

정호 鼎鎬, 1870~1948

관음사에 이틀을 머물며 信宿觀音寺

새로 지은 관음사
바닷가에 휜칠하네.
대나무 통은 찬 샘물 끌어 오고
늘어선 나무는 그늘을 드리우네.
찻물 끓자 빗소리 들려오고
말이 우니 염불 외는 듯하네.
봉려[1]는 무엇 때문에 왔던가?
신령한 가람에 살랑 바람 불어서지.

新構觀音寺 奐輪海曲墟 筧泉寒淅瀝 行樹蔭扶疎

茶熟聽柑雨 馬鳴看佛書 蓬廬何自至 靈境美風噓

[1] 승려의 법호이다(尼號).

출전: 「석전시초」石顚詩抄 권상

해설　새로 지은 관음사에 이틀을 머물며 지은 시이다.

정호 鼎鎬, 1870~1948

운교장을 방문하여[1] 歷訪雲橋莊 ……

한양에서 헤어진 지 스무 해

하안거 도중에 찾아보니 백발이 성성하네.

늘어진 버들엔 푸르름 어려 있고

맑은 차 연기는 구름을 물들이네.

초가에서 책 읽을 때엔 분수의 별장* 생각하고

낚시 여가에 시 읊을 땐 위수의 낚시터 떠올리네.*

연못가에 울긋불긋 당체나무여!

우듬지에 꽃이 피어 연꽃과 어울리네.

洌湖卄載惜分飛 破夏相尋鬢髮稀 門柳葳蕤藏研碧 茗烟黯澹染雲歸

結廬時讀思汾墅 罷釣沈吟認渭磯 韡韡臨池唐棣樹 交頭吐萼映荷衣

[1] 6월 14일六月十四日.

출전: 「석전시초」 권하

• **분수汾水의 별장** 분수는 중국 산서성山西省 서남쪽에 위치한 강이다. 수隋나라 말기에 왕통王通이 그곳의 오두막에서 강학講學에 주력하여 1천여 명의 제자를 길러냈다. 여기서는 강학에 열중한다는 뜻으로 이해된다.

• **위수渭水의 낚시터 떠올리네** 위수는 중국 섬서성陝西省 시안西安 북쪽에 위치한 강이다. 강태공姜太公이 연로할 때까지 이곳의 반계磻溪에서 낚시질하며 지내다가, 주周 문왕文王에게 발탁되어 마침내 중국 천하를 평정하게 된 고사를 떠올린다는 말이다.

원제   운교장을 방문하여 노송옥·노송계 형제들과 함께 읊다 歷訪雲橋莊 與盧松玉及松溪昆弟 共賦

해설   운교장雲橋莊이 어느 곳인지는 미상이나, 원제에 나오는 노씨 형제의 집이 아닐까 여겨진다. 아마도 정호가 하안거를 하고 있던 곳과 가까웠던 듯, 도중에 그곳을 방문하여 차를 마시고 시를 읊은 것이다.

정호 鼎鎬, 1870~1948

이난곡이 대원산방에 내방했기에 함께 읊다[1]
李蘭谷來訪大圓山房共賦

만산을 유람한 뒤 가을엔 쉬실 것이지
무엇하러 행장 꾸려 옛 성을 나오셨는지?
탑자 내드렸지만 부끄럽게도 술동이 없고
불경 읽으며 기쁘게도 종소리 함께 듣네.
자리 쓸고 향을 피우니 푸른 연기 오르고
샘물 길어 솥에 달여 맑은 차 마셔 본다.
솔바람 부는 석양에 오랫동안 마음 나누었으니
비로소 호계교에서 셋이 웃었던 우정* 알겠어라.

萬山踏破憩秋晴 杖屨何勞出古城 借榻慚無沽酒興 繙經喜共聽鍾聲

拂石添香成篆碧 汲泉烹鼎試茶淸 松風斜日忘形久 始信溪橋三笑情

[1] 8월 11일八月十一日.

---

* **호계교에서 셋이 웃었던 우정**   중국 진晉나라 고승 혜원慧遠이 동림사에 있을 때 손님을
전송할 때 호계를 건넌 적이 없었는데, 도잠陶潛과 육수정陸修靜이 방문했을 때는 호계를
지난 줄도 모르고 마음을 나누다가 세 사람이 크게 웃고 헤어졌다는 일화를 말한다.

해설　난곡蘭谷은 이건방李建芳의 호이고, 대원산방大圓山房은 당시 정호가 거처하던 개운사開運寺(서울 동대문구 안암동 소재) 대원암을 가리킨다. 그곳을 찾아온 이건방을 맞아 '무엇하러 나오셨는지'라고 하여 감사와 송구스러움을 표시하고, 또 혜원의 고사를 들어 서로의 깊은 우정을 드러냈다.

정호 鼎鎬, 1870~1948

『담연시고』에 쓴 시 覃揅詩藁題詞三章

간과*를 좋아하는 사람 드무니
분연히 살구처럼 단 것만을 좋아하지.
그대여 끽다안*을 보게나!
지극한 맛은 쓰고 떫은 것에 지나지 않네.

諫果何曾解衆饞 紛然徒啖杏桃甘 請君着眼喫茶案 至味不多酸與鹹

출전: 『석전시초』 권하

해설　전체 3수 중에서 두 번째 시로, 『담연시고』는 추사秋史 김정희金正喜의 『담연재시집』覃揅齋詩集을 말한다. 간과의 쓰고 떫은맛에 빗대어 김정희 시의 경지를 예찬한 것이다.

• 간과諫果　감람橄欖 나무에 열리는 과실의 별칭이다. 이 과일은 처음에는 쓰고 떫지만 오래도록 꼭꼭 씹으면 단맛이 돌아온다고 한다.
• 끽다안喫茶案　조주의 끽다거喫茶去 화두를 말한다.

정호 鼎鎬, 1870~1948

난곡 거사에 대한 만사 蘭谷居士輓

적막한 절간에 돌아오니 이미 가을이라
흥겨워 개울 건너노라니 붉은 물 들어 가네.
석전은 주흥이라곤 도무지 모르니
마른 찻잎 달여 내어 정다이 담소했지.

다천이 졸졸졸 난간을 돌아가니
북산에 가을비 갠 줄을 알겠구려.
더위 잠시 식고 회나무 그늘 고요한데
혹 초지*에 오르면 이 정을 잊을 수 있을까?

歸來蕭寺已秋風 乘興過溪林杪紅 顚石不知沽酒趣 但烹枯茗話空空

茶川瀜瀜繞欄鳴 知是北山靈雨晴 暫息熱炎槐影靜 容登初地倘忘情

¹ 다동은 난곡 거사가 만년에 살던 곳으로, 문밖에 개울이 있다(茶洞居士晚暮所居
  門外有溪流).

출전: 『석전시초』 권하

• **초지初地** 『화엄경』에 나오는 보살의 십지十地 중 첫째 단계로, 일명 '환희지' 歡喜地라
고도 한다.

해설　난곡 이건방을 위해 쓴 만사輓詞로, 전체 10수 중에서 다섯 번째와 아홉 번째 시이다. 앞의 시 세 번째 구절 원문의 '전석'顚石은 '석전'石顚, 즉 정호 자신의 호이다. 또 제목 아래 원주를 보면 이건방이 만년에 거처하던 '다동'茶洞에는 문 밖에 개울이 흘렀고, 그곳을 '다천'茶川이라 불렀음을 알 수 있다.

옥보대 아래 다풍이 크게 무너지다

玉寶臺下茶風大壞

초의 선사의 「동다송」에 쓰여 있기를, "또한 아홉 가지 어려움과 네 가지 향기와 오묘한 작용이 있다. 옥보대 아래에서 좌선하는 무리들을 어떻게 가르치랴!"라고 하였다. 그 자주自註에서는, "지리산 화개동의 사오십 리는 모두 차가 나는 자갈밭이다. 화개동 위에 옥보대가 있고, 옥보대 아래에 칠불선원이 있다. 좌선하는 스님들이 항상 쇤 찻잎을 늦게 따서는 햇볕에 말리고 솥에 덖기를 나물국 끓이듯 하니, 매우 탁하여 색이 붉으며, 맛은 심히 쓰고 떫었다. 이 때문에 내가 항상 말하기를, 천하에 좋은 차를 속된 솜씨로 버려 놓았다"라고 하였다.

「동다송」에서는 그 대강을 말했을 뿐이다. 지리산은 차의 산지이니, 화개동뿐만 아니라 산의 서남쪽으로 수백 리 땅에 차가 나지 않는 곳이 없다. 악양면, 화개면, 와룡면 등이 비록 궁벽한 시골이지만 차를 끓여 아침저녁으로 식사 후에 마실 뿐만 아니라, 탕약처럼 여겨 눈 내리는 날씨에 감기에 걸렸을 때 땀을 내는 약으로 사용한다. 소위 다풍이 크게 무너진 것이다. 어찌 다법茶法을 논하리요!

草衣禪師東茶頌有曰 又有九難四香玄妙用 何以教得玉寶臺下坐禪衆 自註云 智異山 花開洞四五十里 皆是茶生之石田 洞之上有玉寶臺 臺下有七佛禪院 坐禪者常晩採老 葉 曬乾煎鼎 如烹菜羹 濃濁色赤 味甚苦澁 故余常云 天下好茶 爲俗所壞 東茶頌 惟 其槪言之耳 智異山茶生之地 不唯花開洞 山之西南數百里之地 無非産茶 而若其岳

陽花開臥龍等面 雖蜒戶農村 以煎茶湯 不唯朝暮飯后之飮 認爲湯藥 雪候感冒 用作
發汗之劑 所謂茶風大壞者 何論茶法

출전:「석전문초」石顚文鈔「석림수필」石林隨筆 15

해설　옥보대는 지리산 쌍계사의 말사인 칠불암의 뒤편에 있는 누대이다. 초의 선
사는「동다송」에서 그곳의 중들이 쇤 찻잎을 나물 삶아 내듯 하는 것을 개탄하여 읊
은 적이 있다. 정호는 그 내용을 상세하게 인용한 다음, 탕약 마시듯 차를 마시는 당
시의 다풍을 들면서 다법이야 더 논할 것도 없다고 한 것이다. 참고로 여기서 인용하
고 있는「동다송」은 원문과 다소 차이가 나는데,「동다송」에서는 옥보대를 '옥부대'玉
浮臺라고 표기했다.

찾아보기